風起

堀 辰雄

風立ちぬ

岳遠坤／譯

Literary Forest
lf
文学
森林

緣起

謹將此書獻給對未來抱持著不安的現代人

現實是艱難的。無論是對物資缺乏的上個世紀30年代的人們，或是對消費主義下矛盾生活著的現代人。《風起》的作者堀辰雄，出生於1904年，青年時代就遭逢了關東大地震、昭和金融恐慌、結核病大流行、兩次大戰、還有當時日本社會貧困沉悶的氣氛。他自己心愛的未婚妻染上重病，康復遙遙無期。騷動不安的時代之風劇烈地吹拂著，吹向本該懷抱夢想的一整代年輕人。

面對艱難，堀辰雄仍選擇走上創作的路，他寫下藍天白雲、細雨濃霧中的輕井澤，觀察著山林裡的一草一木：落葉松、山葡萄、羊齒和茱萸；描繪著自然界的一聲一息：林間的山鳩、野鳥啼聲、溪谷潺潺水流……讓一點一滴的生機環繞著病痛纏身的少女節子。

堀辰雄將大時代的喧囂化身大山四季的變化流轉，在這裡，稍縱即逝的生之溫柔凝視著時刻進逼的死亡。一旦不安來襲，他便誦讀起法國詩人Paul Valéry這首詩句：

Le vent se lève; il faut tenter de vivre.（起風了，努力活下去。）

生命有限，純粹的愛或美，終究要離去。他在鍾愛的人身邊躊躇困惑著，不斷地提醒彼此：努力活下去。這話每次出口都象徵著他幾乎要走不下去，正是這樣令人心碎的堅強，鼓舞著代代努力勇敢活下去的人們，包括宮崎駿。

2013年，動畫大師宮崎駿從這本小說出發，融合了日本戰機設計師堀越二郎的生平，虛構出屬於自己的故事，完成他告別50年動畫長片生涯的代表作《風起》。他說：這部作品是要獻給對未來抱持著不安的現代人。

也許，看了這本書或電影，不安並不會結束，但是透過故事，生命的困頓與迷惘，這些在物質充斥的世界中快要泯滅的幽微感受會被喚回。而滋味這些，是堅強活下去的真正動力。

新經典文化編輯部

生命之歌，滿懷夢想和愛

——導讀日本現代文學名作《風起》

賴明珠

微風徐徐吹拂，樹影婆娑搖曳。

一九三〇年代的避暑勝地輕井澤一帶，花草樹木優美自然的山林之間，住著當年二十來歲的堀辰雄，爾後堀辰雄經常以抒情的散文體，描寫「生」與「死」、「愛」與「夢」的主題，在四季變化豐富的高原景色中，留下一篇篇詩情畫意令人難忘的淒美故事。

堀辰雄生於一九〇四年（明治三十七年），《風起》是他在一九三六年（昭和十一年）三十二歲那一年開始執筆、陸續發表的短篇之一，第二年由新潮社出版，也是他中期最著名的代表作。短短不到五十歲的生命後期，他歷經多次斷續咳血的療養生活，仍然持續不斷地創作，在雜誌上發表過無數短篇，留下以《神聖家族》、《菜穗子》、《信濃路．大和路》、《曠野》、《雪上的足跡》等等為代表的作品集。

從作品的名稱就可以感受到作者熱愛自然，身心和大自然融為一體的生活情境。明治時代是日本大量引進西方文化和尖端科技的時代，從明治、大正到昭和初年，也是日本積極西化，許多人脫下和服開始穿起洋裝，喝起咖啡，吃著西餐，新舊生活習慣急遽改變的時代。《風起》中也反映出這個大時代的鮮明特色。

這部作品在作者去世後超過半世紀之久，由宮崎駿導演擷取原作精神，添入零式戰鬥機研發人堀越二郎的故事，改編成話題不斷的動畫《風起》，也使得一九三〇年代這部短篇《風起》的文學價值重新獲得世人的注目。

《風起》讓人聯想起另一部和風有關的電影《亂世佳人》，其原作《飄》(*Gone with the Wind*)是美國作家瑪格麗特·米契爾出版於一九三六年的小說，一九三七年曾獲得普利茲獎。改編電影拿下一九四〇年奧斯卡金像獎最佳影片等十項大獎。

相較之下，同樣是一九三六年的作品。《飄》在出版三年後就拍成電影，《風起》則歷經了二次大戰，靜靜地等候了十八年，才以影像形式，三度改編和觀眾見面。

兩部作品所描寫的時代都有戰爭，《飄》是美國南北戰爭時期，人物複雜、場面浩大、故事曲折。《風起》雖有中日戰爭的陰影，但人物簡單、故事單純，故事中完全沒提到戰爭。

當時，堀辰雄生活在日本長野縣輕井澤的追分。在寒冷的追分過冬，散步、沉思、抱病寫作。宮崎駿先生讀他的作品，隨著歲月深入了解後，才覺得這個人看似柔弱，其實相當堅強。

見證昭和初期疾病與不安瀰漫社會的真實

堀辰雄有一段相當重要的人生經驗，對他後來的寫作相當重要。一九二五年（大正十四年）夏天他搬到輕井澤。在當地租屋住了兩個月左右。兩年前他認識的文學前輩芥川龍之介和室生犀星，還有戲劇翻譯家片山廣子，都住在輕井澤。

芥川和片山廣子在前一年夏天就住到輕井澤，兩人之間發展出一段柏拉圖式的感情。這年夏天堀辰雄實際跟他們接觸相處，感受到這股詩意的氛圍。自己並對廣子的女兒總子產生好感。

兩年後，芥川龍之介自殺。堀辰雄深受打擊，後來並參與「芥川龍之介全集」的編輯。一九二九年他從東京帝國大學畢業，畢業論文寫的就是「芥川龍之介論」。

芥川歿後第三年，堀辰雄所寫的《神聖家族》，就是以輕井澤為背景，以芥川、片山廣子、總子為模特兒所寫的虛構作品。《物語之女》（之後改名為《楡之家》）中的三村夫人和女兒菜穗子，就是參照廣子和總子這對母女，小說家森則是以芥川龍之介為模特兒。由此可見堀辰雄對芥川龍之介和片山廣子的尊敬與愛慕。

堀辰雄身體一向不好，但寫作從未中斷。大學畢業前，二十三歲那一年，芥川龍之介自殺的一九二七年，他得了肋膜炎，差一點死去。這一年他辦理休學，四月時住到湯河原、八月改到輕井澤靜養。一九三〇年咳血在家療養，並開始發表小說，那年十一月他出版了《神聖家族》。一九三一年四月到六月住進長野縣富士見的高原療養院。

一九三四年堀辰雄開始以《菜穗子》為題，構想新小說，剛開始並不順利。但這個故事歷經數年，一直在他內心發酵。當時他和執筆《美麗村莊》時認識的矢野綾子訂婚。翌年七月，綾子因為肺結核症狀惡化，堀辰雄自己健康也不佳，兩人一起住進富士見的高原療養院。綾子於當年年底去世。

一九三六年秋天，堀辰雄開始執筆以綾子的「愛」與「死」為主題的《風起》。第二年該短篇由新潮社出版。

之後堀辰雄歷經數次的鄉居療養，並和加藤多惠子結婚，婚後定居輕井澤。構思多年的《菜穗子》也終於完稿由創元社出版。一九四二年《菜穗子》更獲得第一屆中央公論社文藝賞。

由於常年臥病在床，堀辰雄比他人更能感受到生命的可貴和生的愉悅。他經常在林間、在曠野、在草原散步。高原初夏的氣候，藍天白雲，青色山脈，新鮮的空氣，讓他在每一次呼吸中，吸取大自然的生機，感覺自己健康起來。一草一木，一陣微風，一場細雨，庭園四季的花開花落……雜木林中的鳥啼蟲嗝，雪地的鳥獸足跡，大自然讓他感覺處處生氣。一邊踏著林間的腐葉，滲濕了鞋子，一邊感覺這片土地讓他找到了自己。

在療養生活期間，他還翻譯里爾克的詩集。德語作家里爾克身體一向也不好，晚年頻頻進出日內瓦湖畔的華蒙特療養院，在偏僻寧靜的鄉間，完成最後創作的高峰〈杜英諾悲歌〉和〈給奧費斯的十四行詩〉。一九二六年底因病辭世，享年五十二歲。他的抒情詩作從新浪漫主義晚期走向神秘主義，兩人類似的處境讓堀辰雄對他的作品有著深深的共鳴，他曾翻譯里爾克的〈布里格手記〉、〈里爾克書信〉、〈里爾克雜記〉等，發表於《四季》和《文藝》雜誌。並為《四季》雜誌主編過里爾克特集。

堀辰雄也喜愛法國文學，並留下許多讀書筆記，他寫過的作者有莫里亞克、普魯斯特、斯湯達爾、普羅斯佩·梅里美等，這些閱讀也影響到他的寫作，例如《神聖家族》就是在讀了哈狄格的《伯爵的舞會》後，有感而作。而《美麗村莊》則明顯受到普魯斯特《追憶逝水年華》的影響。

一九五三年堀辰雄去世，享年四十九歲。由川端康成擔任他的葬儀委員會會長。

半生都與病痛搏鬥，卻始終堅持創作的堀辰雄，心志非常堅強，他的作品中表達對生命對愛情純真炙熱的精神，鼓舞了不少讀者。閱讀他的文字總像是透著在藍天白雲、細雨濃霧，親眼見到一草一木，山毛櫸、野草莓、野薔薇、落葉松、山葡萄、羊齒、茱萸；親耳聽到山鳩、野鳥的啼聲、溪谷潺潺流動的水聲……自然界的點點滴滴，充滿生機。而他那以病痛換取的幸福，將負面多舛的命運轉換成正面的喜悅文字，至今仍發人深思，歷久彌新。

小說賦予電影的生存勇氣，連宮崎駿也落淚

閱讀堀辰雄，我們好奇從小說到電影，宮崎駿會重新創造出什麼。

在談到製作《風起》的緣由時，宮崎駿提到他年輕時第一次閱讀堀辰雄，他說當年其實感觸不深。後來他又在舊書店偶然看到，反覆重讀的過程中，他才逐漸意識到作品的深度和它與眾不同的地方。

在《風起》這部全新的動畫電影中，宮崎駿把他最熟悉的兩個真實人物——堀越二郎和堀辰雄塑造成一個角色——二郎。在描寫零式戰鬥機的設計者堀越二郎時，加進了堀辰雄的內心世界。

堀越二郎生於一九〇三年，堀辰雄生於一九〇四年，兩人幾乎是同年齡，呼吸過同樣大時代的空氣。而且兩個人都是現在的東京大學出身的，堀越二郎讀的是工學部，堀辰雄讀的是文學部。堀越二郎踏進零式戰鬥機設計第一步的一九三七年，也是堀辰雄完成作品《風起》的同一年。

小說《風起》中的女主角本來名字叫「節子」，但動畫中女主角則叫「菜穗子」。「菜穗子」這個名字不僅是堀辰雄多部作品的女主角，同時也是他醞釀多年並獲得中央公論社文藝賞主要作品的名稱。

動畫中的二郎遇到正在高原寫生的菜穗子，兩人開始產生情愫，進而訂婚。當時，結核病是相當普及的傳染病。菜穗子染病後病情惡化，住進療養院。在小說中，節子與主角也住到山村療養院，兩人在養病的高原共度晨昏。

堀辰雄認為在這種山中療養的生活，一般人都認為是已經無路可走的絕境，病人身在其中反而會自然產生特殊的人性光輝。當人面對絕望，依然努力活下去時那種生命的美麗與哀愁，某種意義

上甚至是一種喜悅。「逆風前進」正是《風起》這部作品的精神所在。

對當年這個充滿天災人禍、東西文化激烈交流的大時代，也是自己父親成長的艱難時代，宮崎駿也很好奇：那到底是一個什麼樣的時代？

宮崎駿的父親出生於一九一四年，九歲那一年他經歷過四萬人被燒死的關東大地震，自己牽著妹妹的手，在棉被廠廢墟廣場四處逃生。戰爭時，宮崎駿的父親協助哥哥（導演的伯父）管理軍需工廠，製造軍用機的零件。震災和軍用飛機都成為動畫《風起》的主要題材。而年少的宮崎駿，母親因為罹患肺結核病，長年住在療養院，他為了讓父親能去探望母親，自己畫著飛機說著故事，安撫照顧年幼的兩個弟弟，這段往事更是他後來走上創作的最初動力。

二〇一一年，宮崎駿開始在吉卜力第二工作室的二樓畫著《風起》，想說那個時代的故事，畫完關東大地震這一段腳本，第二天，居然發生了東日本大地震。因為實在太巧了，宮崎駿在深受衝擊之餘，一度還非常煩惱是否該留下那震災的畫面。

從自己將關心的題材畫下，到決定將故事搬上動畫舞台，投入製作。這部動畫從構思到搬上銀幕，經歷了許多事，創下許多紀錄。

這是第一次，宮崎駿以真人實事為模特兒，描寫跨越三十年的大河史詩戲劇。

這是宮崎駿創作動畫電影五十周年紀念。

這是《崖上的波妞》之後五年，宮崎駿的最新作品，他自己還史無前例地在看片時掉下了眼淚。

而現在，我們還知道，這將是宮崎駿的最後一部長片。其生涯的代表作。

熱愛飛機，卻痛恨戰爭的宮崎駿，將在《風起》這部作品後卸下長片製作的擔子，然而多年來他精采的一部部創作，早已留給我們許多。其中最重要的關懷，正如小說《風起》開篇引用的法國詩人梵樂希詩句：

起風了，努力活下去。

願讀者觀眾們在讚嘆《風起》之餘，都能在面對艱難的生命風起之時，找到勇氣，活下去。

堀辰雄 生平

Hori Tatsuo　1904.12.28　1953.05.28

少年求學時期

出生～20歲

1904～1910

一九〇四年十二月二十八日出生，父親為廣島藩士族堀濱之助，生母為東京町家女兒西村志氣。原本因為濱之助的妻子阿幸無法生育，遂將堀辰雄過繼給堀家當長子。生母志氣在其二歲時，嫁給下町的上條松京，並將堀辰雄帶離堀家，然而堀辰雄並未因而改姓，在不知道生父的狀況下長大。

1911～1924

一九一一年就讀牛島小學，六年後進入東京府立第三中學。中學期間成績優秀，順利考進第一高等學校乙組理科，高中就讀期間因為熱愛文學結識文壇摯友神西清。嘗試創作，在神西辦的雜誌《蒼穹》發表了第一篇文字創作〈清寂〉。高中期間常讀屠格涅夫、霍普特曼、許尼茲勒等人的作品，以及法國象徵派詩作，熱愛叔本華與尼采的哲學作品。

一九二三年年初，在第三中學校長的牽線之下，認識了室生犀星。九月發生關東大地震，避難期間因為生母不幸身亡而深受打擊。十月在室生犀星的引介下拜師芥川龍之介，堀辰雄自此正式踏入文壇，經常造訪當時文人最常聚集的輕井澤。入冬後，因為肺結核而休學養病一年。

邁入文壇時期

21～32歲

1925～1932

二十一歲高中畢業後，考進東京帝國大學國文系。暑假期間長駐輕井澤。隔年與中野重治創辦同人雜誌《驢馬》，耀眼文壇。

一九二七年發表首篇短篇小說創作〈魯本斯的偽畫〉，同年七月芥川龍之介自殺讓堀辰雄再次受到打擊，甚至影響了往後的創作風格；九月協助編輯《芥川龍之介全集》。隔年因為嚴重肋膜炎休學，《驢馬》休刊。

一九二九年在《文藝春秋》上發表作品《笨拙的天使》，來自尚．考克多《一字開》的靈感。發表大學論文〈芥川龍之介論〉，同年三月大學畢業。因為健康因素，一九三一年住進富士見高原療養所養病，隔年在《改造》發表以芥川龍之介之死為題的《神聖家族》，評價極高，奠定文壇地位。同年冬天抱病遠赴港都神戶出席竹中郁的新書發表會，隔年把旅遊經歷化為創作，完成《旅之繪》、《鳥料理》兩篇短篇作品。

1933 ~ 1936

一九三三年在輕井澤信濃追分邂逅「向日葵般」的美麗少女矢野綾子，因久病所苦、心靈受創的堀辰雄初嘗戀愛甜美滋味。兩人一度論及婚嫁，然而矢野綾子最後肺結核病情惡化，在一九三五年住進富士見高原療養院而未能倖存，年末離開人世。隔年堀辰雄心痛至極，將這段在療養院陪伴照顧的時光創作成《風起》，先在《改造》上發表〈序曲〉。

作品成熟時期

33～49歲

1937～1942

一九三七年分年別在《文藝春秋》、《新女裝》發表《風起》的〈冬天〉與〈婚約〉(後改名為〈春天〉)兩章。同年結識加藤多惠子，隔年堀辰雄下定決心完成《風起》最後一章〈死亡陰影的幽谷〉後，兩人結婚。

長久以來，堀辰雄熟讀歐洲文學，深受其影響，但為了追求日文古典文字之美，堀辰雄讀起古典文學《伊勢物語》、《更級日記》。這段期間認識了日本歌人也是國文學者折口信夫。

一九四一年發表《菜穗子》，榮獲第一屆中央公論社文藝獎。

1943～1953

堀辰雄在調養期間，曾動念想寫一篇以日本神佛為主題的創作，遂赴奈良與京都旅遊，一九四三年完成散文集《信濃路．大和路》。

一九四四年起身體健康日趨惡化，主要時間多在養病，「託生病的福，我獲得許多。」由此可見得堀辰雄視「病」為友的心境。

一九五三年五月二十八日，肺結核病情無法控制，大量咳血過世，享年四十九歲。其妻多惠子夫人自兩人結婚便守護在一旁看顧堀辰雄，直到他離開人世。

目次

風起

發表於一九三七年，日本新感覺派作家堀辰雄深受法國象徵主義影響的創作，亦為其代表作。

起風了，努力活下去。

——保羅・梵樂希（Paul Valéry）

序曲

那個夏天，妳站在滿山遍野的芒草草原間，專心地畫畫，我總是躺在旁邊那棵白樺樹的樹蔭下。傍晚時分，妳完成畫作來到我身邊，我們會搭著對方的肩，相互依偎一會兒，遙望著遠方的地平線。地平線上方覆蓋著厚厚的積雨雲，邊緣被夕陽染紅，彷彿日暮時分的彼端，有什麼將要發生……

某天下午（當時已經接近秋天），妳把未完成的畫擱在畫架上，和我並肩躺在白樺樹蔭下，吃著水果。天上的雲像流沙般劃過空中。這時，不知從哪裡吹來一陣風，從樹葉間窺見的藍天一下變大，一下縮小。幾乎同時，我們聽見東西倒在草叢裡的聲音，似乎是那幅放在架上的畫連同畫架一起倒地的聲音。妳隨即起身，我卻突然拉住妳，不讓妳離開，彷彿害怕失去這瞬間的某樣東西。妳順從地留了下來。

起風了，努力活下去。[1]

我脫口而出這句詩，摟著依偎在我身旁的妳，重複地唸著。之後，妳終於從我懷裡掙脫，站起來，走了出去。這期間，還沒乾就掉在地上的畫作沾上了四周的草葉，黏得緊緊的。你重新扶起畫架，有些費力地用調色刀剝除那些草。

「哎呀，要是讓我父親看到……」

妳回過頭看我，淡淡一笑。

「再過兩三天，父親就回來了。」

有天早晨我們在林中閒晃時，妳突然這麼說。我不太高興，便不回話。接著，妳凝視著我，用略帶沙啞的嗓音說：

「那樣的話，我們就不能像現在這樣一起散步了。」

「為什麼不行？想散步就出來散步。」

我依然面露慍色，故意避開妳擔心的眼神，抬頭看著樹梢，好像頭頂那片枝椏有什麼吸引著我。

「父親不讓我離開他身邊。」

1 這句就是卷首詩，原以法文呈現。Le vent se lève; il faut tenter de vivre. 詩句出自二十世紀法國詩人梵樂希（Paul Valéry, 1871～1945）的詩作〈海濱墓園〉，堀辰雄在故事中讓主角以日文唸出，此處根據日文語法翻譯。

我急急看妳，激動地問：

「妳的意思是，我們要就此分開嗎？」

「這是沒辦法的事。」

說著這話的妳好似放棄了什麼，對我勉力一笑。啊！妳當時的臉色、唇色，何其蒼白。

「為什麼會變成這樣呢？我以為妳願意聽我的、跟我在一起，不是嗎？」

百思不得其解的我跟在妳身後，在老樹盤根錯結的窄窄山道上，舉步艱難地走著。那一帶樹木茂密，空氣沁涼，林間散佈著幾處水窪。突然間，我腦海中閃現一個念頭。妳我在這個夏天邂逅，只是因為一次偶然，即便這樣妳對我已如此順從，那麼，對於妳父親，不，應該說包括妳父親在內、那些一直以來習慣支配妳的人，妳想必更溫順聽話吧？「節子！妳若是這樣一個女子，那我只會更加喜歡妳。等我的生活穩定下來，無論如何我都會去找妳。在此之前，妳就像現在這樣待在父親的身邊也好……」我在心裡默默跟自己說，一邊卻像要徵求妳同意般無預警地握住妳的手。妳任由我握著。我們就這樣手牽手站在一處濕地前，默默看著腳下那攤水。陽光費了好大力氣，才終於從雜亂的灌木叢枝葉間穿過，落在叢生於水底的蕨草上，光影斑駁。陽光穿過枝葉灑向水底，微風中林葉微微搖曳。我看著這一切，心中的悲傷無法扼抑。

二、三天後的某個傍晚，我在食堂看到妳和來找妳的父親一起用餐。妳尷尬地背對著我。那些下意識表現出的樣子跟舉動，想必是想讓我知道妳現在跟父親在一起，但卻讓我感覺跟妳素昧平生。

「就算喊她的名字，」我自言自語：「她也不會回頭看我一眼吧！只會假裝我叫的人不是她……」

初見的那晚，我原是自己一人百無聊賴地散步回住處，在旅館空曠無人的院子裡漫無目的地走著，山百合的香氣瀰漫在夜間的空氣中。我懶懶地看向旅館的窗，還有兩三扇亮著。沒多久起了霧，窗裡透出的燈光彷彿感到害怕似的，一個接一個熄滅了。正當我以為整間旅館會就此在黑夜中沉沉暗去時，嘎吱一聲，一扇窗輕輕打開，一個穿著玫瑰紅睡衣的年輕女子站在窗前，探出頭來。那就是妳……

直到現在，我依然清晰地記得每天、每天縈繞在我心頭的，那種近似悲傷的幸福感。

我終日待在旅館裡，重拾因妳而荒廢多日的工作。不曾想過，我竟然能這般平靜地埋首於工作。不久，隨著季節變換，一切都發生了變化。終於到了我要出發的前一天，我走出旅館，到外面散步。

秋天的樹林已經整個變了樣，顯得十分雜亂。樹葉紛紛落下，隱約可以看到遠處那些無人居住的別墅露臺。落葉的味道裡夾雜著蘑菇和黴菌的潮濕氣味。這意料之外的季節推移，讓我有些錯愕，原來我們分別之後，不知不覺竟然過了這麼長的時間。在我內心的某個角落，一直認定妳父親只是暫時把妳從我身邊帶走，難道因為這樣，連帶地改變了物換星移對我的意義？我隱隱約約地察覺到這一點，隨即得到印證。

十幾分鐘後，我走到樹林的盡頭，踏進一片芒草叢生的草原，視野瞬間開闊，可以看到遠方的地平線。之後，我走到旁邊一棵綠葉已被染黃的白樺樹樹蔭裡躺下。那正是夏天我躺著看妳作畫的地方，那個幾乎每天都被積雨雲覆蓋地平線的地方，如今雖然無法辨識地點，但遠遠的山脈卻清晰可見，山上白色芒草穗隨風搖曳所形成的連綿起伏，輪廓鮮明異常。

我目不轉睛地遠眺著山，至今仍能在心中描繪出那山脈的模樣。我逐漸確信，終於發現了隱藏在內心深處、那些大自然賦予我的東西……

春天

時序進入三月。有個下午我像往常一樣佯裝散步、順道經過，走到節子家。岳父戴著一頂工作用草帽，站在大門內的小花園裡，單手拿著剪子，正在修剪樹枝。我看到他，就像孩子一樣撥開園裡的樹枝，走近他身邊，寒暄了兩句之後，便興味盎然地看著岳父工作。完全投入這個小花園後，發現枝頭上散落著白色的東西閃閃發亮，好像是花蕾。

「她最近精神似乎好多了。」岳父突然抬起頭來看著我，跟我談起當時剛與我訂婚的節子。

「我想等她身體再好一些就換個地方療養，你覺得呢？」

「那也行，只是……」我假裝對那些透著光的花蕾很感興趣，吞吞吐吐地回答道。

「我最近一直在找合適的地方……」岳父不管我的話說完沒，自顧自地說：「節子說她不熟F療養院，但聽說你認識那裡的院長？」

「嗯。」我心不在焉地應了一聲，伸出手碰觸剛才發現的那些白色花蕾。

「但是，那個地方，一個人去得了嗎？」

「大家好像都是一個人去。」

「可是，她恐怕不行。」

岳父的神情有些為難，眼睛仍不看我，只是突然間用剪子剪斷自己面前的一根樹枝。看到這裡，我終於忍不住，說出了岳父期待的那句話。

「這樣的話，我可以跟她一起去。反正我現在手上的工作到那時候也差不多做完了……」

我一邊說，一邊輕輕鬆開剛才抓在手裡的那根長著花苞的樹枝。就在這時，我看見岳父臉上露出了喜悅的神情。

「能這樣就太好了，只是要辛苦你了。」

「哪裡，在那樣的山裡，說不定我反而能好好工作……」

接著我們聊了一些那所療養院所在地的山區情況，但不知不覺間話題又轉回岳父正在修剪的花木。或許是因為我們察覺到彼此間有著某種共感，原本零碎的談話因而增添了繼續下去的活力。

「節子起床了吧？」過了一會兒，我若無其事地問道。

「不知道，應該起來了吧，你不用管我，去找她吧！從這邊過去，那裡……」岳父用拿著剪子的手，指了指通往院子的木門。我彎身從花枝下穿過，打開那扇因為長滿常春藤而不易開啟的木門，走進院子，朝角落的病房走去。直到不久前，節子都還把那裡當成自己的畫室。

節子好像知道我來了，卻沒想到我會從院子過來。她穿著睡衣，外面披著一件亮色的和服外套，橫躺在長椅上，手裡擺弄著我從沒見過的一頂繫著絲帶的女帽。

我隔著法式廊門看著她，朝她走去。她好像也看到了我，本能地移動身體，似乎想起身相迎，但卻站不起來，只好躺在那裡轉過頭來，不好意思地看著我。

「起來了啊？」我在門口粗魯地脫掉鞋子，急著跟她打招呼。

「嗯，起來了，可是沒多久又覺得累了。」

她這樣說著，邊抬起那顯得疲弱無力的手，順手將先前把玩著的那頂帽子拋向旁邊的梳粧檯，帽子卻落到地板上。我隨即走過去，彎下身撿帽子，這時我的臉幾乎貼到她腳尖。我把帽子撿起來，像她剛才一樣，拿在手裡當成玩具耍弄起來。

終於，我開口問：「妳拿這帽子出來做什麼？」

「這是父親昨天買回來的，也不知道我什麼時候才能戴。很怪的父親吧？買這東西給我。」

「原來是父親挑的啊！真是個好爸爸啊……來吧，戴上讓我看看。」我半開玩笑地做出要幫她戴帽子的動作。

「不要啦，討厭……」

她一邊說，一邊假裝厭煩地閃躲著，微微起身，然後像是要為自己辯解般，對我輕輕笑了笑，又突然想起了什麼，而用她那明顯消瘦許多的手攏了攏凌亂的頭髮。這個不經意的動作，流暢自然且散發著年輕女性的溫柔氣息，彷彿愛撫著我，我感覺到一陣令人窒息的性感魅力，不得不慌忙別開視線。

過了一會兒，我把拿在手裡擺弄的帽子輕輕放在旁邊的梳粧檯上，突然想起那件事而沉默下來，不發一語，而且仍無法直視溫柔性感的她。

「你生氣了嗎？」她突然抬起頭看我，有些擔心地問道。

「不是的，」這時我轉頭看她，突然改變話題：「父親剛才跟我說起妳要換療養地點的事，妳真的要去療養院嗎？」

「嗯，一直待在這裡，也不知道什麼時候才能轉好。只要身體能早點恢復，要我去哪裡都行，可是……」

「怎麼了？妳想說什麼？」

「沒什麼。」

「不要說沒什麼，告訴我。要是妳無論如何也說不出口，那我替妳說。妳希望我跟妳一起去，對嗎？」

「不是啦……」她慌忙地打斷了我。

我不顧她的否定，繼續說下去。這次我不像剛才那樣跟她開玩笑，口氣認真了起來，還帶著些許不安。

「……就算妳不讓我去，我也要去，我只是突然想試探妳一下。早在遇到妳之前，我就夢想過，將來有一天能遇到一個像妳這樣柔弱的女子，在人跡罕至的大山深處，過著幸福的二人生活。我以前沒有跟妳說過這個夢想嗎？有吧！我還說要在山裡搭建一間小屋，還問過妳『我們能不能在山裡生活下去』之類的話，那時妳聽我說這些，還天真地對著我笑，對吧？其實，我覺得妳這次會提出要去住療養院，也許是無形中受了我那番話的影響……對嗎？」

她只是一直微笑著，默默地聽我說。

「那些事，我怎麼會記得嘛！」她說得斬釘截鐵，然後又像是要安慰我似的，目不轉睛地看著我，說：「你總是有出人意表的想法呢！」

幾分鐘後，我們回到彷彿什麼都沒發生過的神情，看向門外。草坪的綠色漸漸變深，上方升起了陣陣霧靄……

進入四月之後，節子的病似乎有了好轉。恢復的過程很慢。但越是慢，我們就越覺得走向康復的每一個小步都是真實的，非常踏實。

那段日子裡的某個下午，我去找她。岳父正好外出，只有節子一個人在病房裡。那天她的心情似乎特別好，換掉了一直穿在身上的睡衣，改穿一件藍色襯衫。看到她那樣，我無論如何都想慫恿她到院子去。外面有一點風，但是非常輕柔，吹得人很愜意。她臉上浮現一點擔憂的笑容，最後還是答應了。於是，我摟著她的肩，小心翼翼地扶她從法式門走出去，慢慢來到草地。我們沿著樹籬，朝小花園走去。那裡種著很多從外國引進的植物，長得十分茂盛。各種植物枝葉交錯，讓人分不清哪一根枝條屬於哪一株植物。走到一看，枝葉上長著許多小小的花蕾，有白色、黃色，還有淡紫色的，處處含苞待放。我走到一片花叢前，突然想起好像是去年秋天她曾告訴過我這花的名字。

「這是丁香吧？」我回頭看著她，向她確認。

「這好像不是丁香喔！」她把手輕輕搭在我肩頭，語帶失望地答道。

「哦……那妳之前告訴我的都是騙人的嘍？」

「我才沒有要騙你呢！是別人送我的時候說它是丁香，但也不是多好的花就是了。」

「哇，這花就要開了，你卻這樣說它！那，它恐怕……」

我又指著旁邊的一叢花，問：「那是什麼花？」

「金雀花？」她拉過一根枝條，我們挪到花叢前。「這是金雀花，沒錯。你看，有黃色和白色兩種花蕾對吧？父親整天炫耀，說白色的品種非常罕見……」

像這樣，我們隨意聊著，節子的手一直搭在我的肩上。過了一會兒，她好像累了，有點無神。她靠在我身上，我們就這樣沉默著。似乎這樣，就可以讓如花一般絢爛的人生停下腳步。偶爾一陣微風拂來，就像彼方忍耐許久後緩緩吐出的氣息，吹到我們眼前的花叢上，輕輕掀起枝椏上的葉子，然後又輕輕地離開，只把我們兩人留在原地。

突然，她摟住我脖子，趴在我肩上。我感覺到她的心跳比平常快了些。

「累了嗎？」我輕聲問。

「沒有。」她小聲答道。我感覺到她整個人的重量緩緩地壓了過來。

「我身體這麼弱，難為你了……」我聽到她小聲對我說，不，或者是我感覺到她這麼對我說。

「正是這種柔弱讓我愛上了妳，難道妳不明白嗎？」我在心中焦急地對她解釋，但是表面上卻裝作沒有聽清楚的樣子，站在那裡一動不動。此時，她突然抬起頭來，緩緩鬆開我肩上的手，說：

「為什麼我最近變得這麼膽小呢？以前不管病得多重，我都覺得無所謂，可是……」她的聲音很小，像在自言自語，說了一半就閉口不語。繼之而來的長時間沉默讓這些沒說出口的話變得令人擔心。一會兒後，她突然抬起頭看了我一眼，又把低下頭去，提高了聲音說：「我突然想要好好活下去……」

然後，她又用一種幾乎聽不見的聲音補充道：「因為有你……」

那是兩年前的夏天，我們初次相遇的時候，我突然脫口說出一句詩。那之後，我總會在不經意間吟誦——

起風了，努力活下去。

這詩句我遺忘了許久。幸有那些快樂的日子，那些甚至比完整的人生更重要，或者說比「人生」更有生氣、更讓人珍惜的日子；因為有它們，我才會再次突然想起。

我們開始為這個月底前往八嶽山麓的療養院做準備。那所療養院的院長與我有過幾面之緣，我打算趁他偶爾來東京的機會，請他為節子診斷病情。

一天，我幾經周折，總算把院長請到位於郊區的節子家中。「沒什麼大礙。嗯，到山裡療養一兩年吧，雖然辛苦。」院長似乎很忙的樣子，對病人和我們留下這句話就匆匆離開了。我一路送院長到車站，因為想知道節子真正的病情，即便私下透露一點也好。

「但是，這些話不要告訴病人。過一陣子我會跟你岳父好好說明具體情況。」院長先這樣要求，然後神情嚴肅地詳細說明了節子的健康狀況。最後，他看著一直默不作聲聽他解釋的我，同情地說：「你的臉色也很難看耶！要我順便幫你檢查一下嗎？」

從車站回來，我再度走進病房。病人躺在床上，岳父一直待在她身邊，和她商量前往療養院的日程。我帶著一臉無法消除的愁容，跟他們討論起來。「可是……」過了一會兒，岳父好像終於想起什麼似的，一邊起身一邊略帶疑惑地說：「若已經恢復得不錯，那不就只要到那裡住一個夏天就好了？」說完後，他離開了病房。

房間裡只剩下我們兩人，我們不約而同地沉默了。那是一個春意盎然的傍晚。我從剛才開始就覺得有點頭痛，疼痛逐漸劇烈，我不動聲色地起身，朝玻璃門的方向走去，將半邊門打開，靠在門邊發呆，腦子裡一片空白，甚至不知道自己在想什麼。室外花叢間籠罩著一層薄薄的霧靄，我一邊無神地望著花叢，一邊想：

「好香啊！是什麼花？」

「你在做什麼？」

在我身後，傳來病人那有些沙啞的聲音。這聲音突然讓我從近乎麻木的狀態中清醒過來。我沒有回頭，背對著她，裝出正在思考什麼事情的樣子，用很不自然的語氣斷斷續續地說：「想妳的事情啊，山裡的事，還有我們將來要過的生活……」這樣說著時，我突然察覺到，直到剛才這個瞬間我確實一直在想這些事。「到了那邊以後，也許真的會發生很多事喔……但人生就是這樣，妳只要像往常一樣把自己的一切交給命運，不去強求什麼要變好。只要這樣做，命運一定會賜予許多我們甚至從未奢求過的東西。」我在心裡這樣想著，不知不覺間反倒開始掩飾自己的內心，唯恐節子知道真相。

院子裡本來還有一些天光，但等我回過神來，房間裡已經完全暗了下來。

「要開燈嗎？」我慌忙打起精神，說道。

「先別開……」她這樣回答，聲音比以前更沙啞。

然後，我們兩個人都沒有再說話。

「我有點喘不過氣，花的香味太濃了……」

「那我把這扇門也關上吧！」

我用一種近乎悲愴的語調回答，手放在門把上。

「你……」她這時的聲音聽起來近乎中性。「剛才在哭吧？」

我很吃驚，慌忙回頭朝她的方向看去。

「我哪有哭……妳看……」

但是，她仍躺在床上，沒有轉頭看我。房裡的光線很暗，我雖然看不太清楚，卻能看出她的確緊緊地盯著什麼東西。但當我憂心地順著她的視線往前時，卻發現她只是茫然地看向虛空。「剛才院長跟你說了什麼，其實我心裡有數。」

我急著想說點什麼，卻找不到合適的辭彙，一句話也說不出來。

我只好不動聲色地輕輕關上門，再次將視線移向門外，看著已經被薄暮籠罩的院子。

「對不起，」她終於開口，那聲音依然有些顫抖，但已經比之前平靜多了。「你別擔心。現在開始，我們盡全力好好活下去吧……」

我回過頭去，發現她用手指輕輕按住眼角，一動不動。

四月下旬一個薄雲佈滿天空的早晨，岳父送我們到停車場。我們在岳父面前表現出非常高興的樣子，就像要去蜜月旅行一般，搭上往山區的火車，走進二等車廂。火車緩緩駛離了月臺，把岳父一個人留在後面。他努力維持平靜的神色，只有背稍稍前彎，好像一下子老了很多……

火車完全駛離月臺後，我們關上窗，瞬間落寞地在空蕩蕩的二等車廂角落坐了下來。我們把膝蓋緊緊貼在一起，似乎想要透過這種方式，溫暖彼此的心……

風起

我們坐的火車幾度翻山越嶺，一下在深深的山谷裡沿著溪流行駛，一下來到廣袤的高原；在綿延的葡萄園間穿梭了很長時間後，終於開始一路朝看不到終點的高山攀升。這時，天空更低了。之前看來彷彿凝在一起的黑雲，不知什麼時候飄散了開來，氤集在我們上方的空中，擋住視線，空氣也變得涼涼的。節子閉著眼，幾乎把整個身體埋進披肩裡。我豎起上衣的領子，不安地看著她那張疲憊中又似乎帶著一點興奮的臉龐。她偶爾半睡半醒地睜開眼看我一下。一開始，每當這時我們都會相視一笑，但後來兩個人都不知所措起來，慌忙移開視線，她隨即閉上眼睛。

「感覺變冷了，不會是要下雪了吧？」

「都四月了，還會下雪嗎？」

「嗯，這一帶的話，說不定會喔！」

我把目光投向窗外。現在雖然才三點左右，但窗外已經昏暗。許多沒了葉子的落葉松夾雜著一些漆黑的樅樹，這才發現我們已經抵達八嶽山下，原本形貌清晰的山脈，現在連輪廓都看不見。

火車在山中一個幾乎和雜物間差不多大的小站停下。一位上了年紀的雜工，穿著一件印有高原療養院字樣的制服，來車站接我們。

我扶著節子，走到停在車站前一輛老舊小汽車旁。我感覺到我手臂中的她微微搖晃了一下，但仍裝出什麼也沒察覺的樣子。

「累了吧？」

「沒有啊！」

和我們一起下車的幾個看起來像當地人的人，在我們周圍竊竊私語著什麼。我們上了車，沒多久那些人的身影就混在其他村民中，漸漸消失在村莊裡。

汽車穿過只有一排破舊房屋的小山村。前方有個似乎沒有盡頭的起伏斜坡，一直延伸到我們看不見的八嶽山脊上。這時，眼前的大片雜木林前，出現一座有著幾個側翼的紅屋頂大型建築。「就是那裡吧！」我感覺車身傾斜，小聲說道。

節子微微抬起頭，以略帶擔心的眼神，茫然地看了看前方的建築。

到達療養院後，我們被帶到最裡面緊靠雜木林那棟二樓的一號房。醫生幫節子進行簡單的檢查後，隨即讓她躺下休息。病房的地板上鋪著油氈布，除了一律是純白色的床和桌椅外，就只有剛才送進來的那幾個行李箱。房裡只剩我們兩人後，我一時無法平靜，時間還不到我該去為陪護人準備的那個狹小房間，只好無神地環視室內突兀的景象，幾次走到窗邊，看看外面的天氣。風艱難地拖著烏雲，屋後方的雜木林裡偶爾傳來刺耳的聲響。我走到屋外，瑟縮著。露臺上沒有任何阻隔，筆直通往另外一頭的病房。空蕩的露臺上一個人也沒有，於是我肆無忌憚地邊走邊往每間病房裡窺看。走到第四間病房時，透過一扇半開的窗看見一名患者躺在床上，我心一慌便跑了回來。

院內終於亮起了燈。護士送來晚飯，我們開始用餐，這是第一次只有我們兩人吃飯，氣氛有些淒涼。吃飯時，我們完全沒發現外面已經漆黑一片，只覺得周遭突然安靜下來，不經意間，雪也開始下了。

我站起身，將半開的窗關上，臉貼在玻璃上，看著外面下著的雪。呼出的氣息在玻璃上泛起一層霧氣，視線變得模糊。等我終於離開玻璃窗前，回頭看向節子，說：「妳為什麼這麼……」時，躺在床上的節子像要對我說什麼似的看著我，手指豎在嘴邊，示意我別出聲。

這所療養院坐北朝南，建於廣袤的黃褐色山麓較平緩的地方，幾個側翼平行伸展。山麓的斜坡繼續向前延伸，兩三處小小的村莊整個向下傾斜，最後被數不清的黑色松樹包圍，通往從這裡看不到的山谷。

從療養院南面的露臺，可以遙望那些傾斜的村莊和黃褐色的耕地。若是天晴的好日子，在周圍一望無際的松樹林上方，從南向西還能看到南阿爾卑斯山及其兩三座支脈，山脈的輪廓總是在雲霧間時隱時現。

到達療養院的第二天早晨，我在自己的小房間中醒來，在小小的窗框裡看見湛藍的晴空與幾個形狀像雞冠一樣的雪白山巔交相輝映。這幅美景，就像憑空生出來的一樣，我不由自主地看得入神。而我雖然躺在床上，看不到露臺和屋頂的積雪，卻能感覺到它們也沐浴著和煦的春陽，不停冒著水汽。

因為稍微睡過了頭，我慌忙從床上躍起，走進隔壁病房。節子已經醒了，她裹著羊毛被，臉紅紅的。「早安。」我感到臉上也同樣有些發燙，卻故作輕鬆地說：「昨晚睡得好嗎？」

「嗯，」她朝我點了點頭：「昨天晚上吃了安眠藥，總覺得頭有點痛。」

我裝作不在意的樣子，使勁把窗戶和通往露臺的玻璃門完全打開。陽光很刺眼，打開門窗的一瞬間讓我什麼都看不到。一會兒，我的眼睛才慢慢適應強烈的光線，看清堆滿積雪的露臺、屋頂，原野和樹頂上升起了薄薄的水蒸氣……

「還有，我做了一個很奇怪的夢，是……」她在我身後，說到這裡又停了下來。

我馬上就明白了，她似乎正勉強自己說些難以啟齒的事。每當這種時候，她的聲音總會變得略微沙啞，剛才也是。

輪到我回過頭去，把手指豎在嘴邊，示意她不要說出來。

沒多久，忙碌的護士長一臉熱情地進來。每天早晨，護士長會到每間病房探望。

「昨晚有好好休息嗎？」護士長開朗地問候。

病人什麼也沒有說，只是老老實實地點了點頭。

一般人住進這種大山深處的療養院，會自然滋生一種特殊的心態，開始相信自己已經走投無路。我隱隱約約意識到自己有這種陌生的心態，是住院後不久，一天院長把我叫進診療室讓我看節子患病部位X光片的時候。

為了讓我看得更清楚，院長帶我到窗邊，把那張底片放在陽光下，對我詳細地說明。片子上的右胸可以清楚看到幾根白色的肋骨，但左胸卻幾乎看不見。這邊已經形成了一個很大的病灶，形狀就像一朵顏色黯淡的奇怪花朵。

「病灶的擴散範圍比想像中要大……沒想到已經變得這麼嚴重……這樣的話，她可算是這所醫院裡第二嚴重的患者了。」

我走出診療室，院長說的那些話依然在我耳邊嗡嗡作響。我就像失去神智一樣，腦海完全被那張照片的影像佔據，彷彿那朵黯淡的奇怪花朵，與院長的那些話毫無關係似的。擦身而過的白衣護士、在各處露臺上裸著身子曬太陽的患者們、病房的嘈雜及小鳥婉轉的叫聲，都似乎變成另一個世界的聲音和景象。我終於走到最裡邊的那棟病房，機械性地放慢腳步，準備爬上我們病房所在的二樓時，突然，一陣我從沒聽過的、怪異又可怕的乾咳聲傳進我耳裡。「咦？這裡也住了患者嗎？」我一邊這樣想，一邊茫然地盯著門上的數字：NO.17……

我們不同尋常的愛情生活就這樣開始了。

節子住院後就被醫生要求靜養，於是一直臥床沒有起來過。因此，與住院前身體狀況好些的時候總是盡力起床的她相比，現在的她更像個病人。她沒想到是病情惡化，醫生待她總像個馬上就能治癒的患者，院長有時也會開玩笑地跟她說：「我們就要活捉病魔了。」

其間，彷彿為了挽回之前耽擱的路程般，季節在那些日子裡突然加快了腳步。春天和夏天就像突然同時來到似的。每天早晨，黃鶯或杜鵑的叫聲把我們叫醒，接下來幾乎一整天，周圍樹林的新綠把療養院團團圍住，甚至把病房內部渲染成清爽的綠色。每天都追趕著前一天，早晨從山上湧現的白雲，到了傍晚好像都會回到原來的山裡。

由於每一天都很相似，每一天都很美麗又很單調，所以當我試著回憶我們最初在一起的那些日子、以及我寸步不離地照顧節子的那些日子時，我幾乎分不清何者為先，何者為後。

甚至可以說，在相似的每一天不斷前進的同時，我們已經從時間中解脫出來了。而且，在這些不受時間束縛的日子裡，生活中每一件瑣碎小事都展露出與之前完全不同的魅力。我身邊這位散發著溫暖、芳香的女子、她那稍微急促的呼吸、拉著我的柔軟的手、她的微笑及我們之間偶然發生的平凡對話——除了這些，單調的日子裡再沒有別的了。但我深信我們所謂的人生，事實上就只由這些組成，而我們之所以光靠這些瑣事就能滿足，只因我和她在一起。

那些日子裡唯一堪稱重大的事便是她偶爾會發燒，這勢必讓她的身體一點一點更加虛弱。在她發燒的日子裡，我們試著品味那與平常幾乎沒有什麼不同的日常，只更小心翼翼、更緩慢，就像偷偷品嘗禁果的滋味一樣。我們那帶著幾分死亡滋味的生之幸福，甚至因而變得更加完整。

那段時光中的一個傍晚，我從露臺，節子從床上，一同看著遠方的群山、丘陵、松林和農田，一切在剛剛落入山後不久的夕陽餘暉中披上了一抹豔紅，同時也慢慢開始被一層不甚明確的灰色侵蝕。偶有幾隻鳥兒飛向森林上空，在空中畫出一條美麗的拋物線。我想，雖然一切都和往常一樣仍是那些熟悉景物，但若非今日，或許我們再也不會像現在這樣滿懷幸福地欣賞這初夏傍晚轉瞬即逝的景色。我繼續夢想著將來有一天回憶起這美麗傍晚時，我一定能看到關於「我們的幸福」的完整畫面。

「想什麼呢？想得那麼入神。」我身後的節子終於開口了。

「我在想，若我們在很久很久之後想起現在的生活，那該是多麼美好的事。」

「說不定真是這樣喔！」她好像非常同意我的觀點。

接下來一段時間，我們倆都不再說話，再次出神地看著外面的風景。恍惚間，我開始覺得這樣出神看著風景的我好像是我又好像不是我，有一種難以言喻的空洞、不著邊際，甚至是說不清的痛苦。這時，我彷彿聽見身後傳來一聲深深的歎息，而那聲歎息又像是我自己發出的。彷彿是為了確認，我回過頭去看她。

「現在這樣……」她凝神注視著我，沙啞的聲音說到這裡便停了下來。遲疑片刻後，她用一種截然不同、彷彿豁出去的語調接著說：「要是能一直這樣活下去就好了。」

「又說這種話！」

我急躁起來，小聲地喝叱她。

「對不起。」她簡短回應後，轉過頭去。

直到剛才為止那種我連自己也說不清的感受，似乎正逐漸轉變成一種急躁的心情。我再次將視線轉向遠方的群山，之前外頭那一瞬間的美麗景色，已經消失不見了。

那天晚上，我準備去隔壁小房間睡覺的時候，她叫住我。

「剛才對不起。」

「沒關係。」

「我原本想說別的……卻不小心說了那樣的話。」

「妳原本想說什麼？」

「我記得你說過，只有將死之人才會覺得大自然真的很美。剛才，我想起了這句話，那時的美景讓我不由得想到。」她一邊說，一邊目不轉睛地看著我，似乎還想說什麼。

我的心彷彿被她的話刺痛了，不禁低下頭。這時，我腦中突然掠過一個想法，剛才開始一直讓我焦躁不安的不確定情緒，終於在我心中清晰起來。

「原來如此！我竟然想不懂？剛才覺得自然很美的那個人不是我，是『我們』。換句話說，是妳的靈魂透過我的眼睛並以我的方式作了一個夢。然而，我卻完全不知道妳的夢裡還包括自己生命的最後一刻，只是擅自揣想我們還可以活很久、一起想很多事……」

我這樣叨叨絮絮地說了好一會兒。她一直看著我，直到我終於再次抬起眼來。我閃避著她的視線，彎下身去，輕輕地吻了一下她的額頭，打從心底感到羞恥。

終於到了盛夏，山上比平原還熱。療養院後面的樹林裡，蟬聲終日不停，好像樹林裡有什麼東西燒起來了似的。就連樹脂的氣味也從打開的窗戶飄了進來。到了傍晚，很多患者為了讓呼吸舒暢些，都把床搬到露臺上去。看到這場景我們才知道原來最近療養院的病患數驟增，但我們依然過著不與別人交流的二人生活。

最近，因為天氣炎熱，節子完全沒了食欲，夜裡好像也常睡不安穩。她午睡我在一旁守護時，比以前更在意走廊的腳步聲，或從窗戶飛進來的蜜蜂、牛虻之類的昆蟲。就連自己因為天氣炎熱而變急促的呼吸聲，都讓我坐立不安。

我就這樣小心翼翼地屏住呼吸，在病床前守著睡著的她。這對我來說也近乎一種睡眠。我心疼她的呼吸在她在睡覺時一會兒急促一會兒平緩，我的心甚至和她的心一起跳動。偶爾，她睡著時會呼吸困難，這種時候她會慢慢抬起有些抽筋的手，放在咽喉上，彷彿要按住那裡。我以為她作了惡夢，正猶豫是否要把她叫醒時，痛苦的狀態過去了，呼吸繼之舒緩起來。這時，我就能鬆一口氣，甚至會因為她平順的呼吸而愉快。她醒來，我輕輕吻一下她的頭髮，她睡眼惺忪地看著我。

「你在這裡啊？」

「嗯，我也在這裡瞇了一下。」

這樣的夜裡，我怎麼也睡不著的時候，也會不自覺地把手伸向自己的咽喉，做出按住的手勢，這幾乎成為習慣。意識到自己這樣的行為模式後，有時竟真的呼吸困難了起來。但，反而讓我產生一種快感。

「你最近的臉色不太好耶！」一天，她仔細看著我，說：「哪裡不舒服嗎？」

「沒什麼啊！」她這問法正合我意。「我不是一直都這樣嗎？」

「你別總是待在我這個病人身邊，偶爾出去散散步吧！」

「天氣這麼熱，哪有辦法散步？晚上天色又黑。況且，我每天在醫院裡走來走去，也走了不少路。」

我不想繼續這個話題，於是講起我每天在走廊上遇到其他患者的事。少年患者們經常聚在露臺欄杆處仰望天空，把天空比喻成賽馬場，把移動的雲比擬成形狀相似的動物；有個個子高得嚇人的重度憂鬱症患者，總是抓著看護的手臂漫無目的在走廊上走來走去……不過，我唯獨沒有跟她提起那個我從未見過面的十七號病房患者，沒告訴她每次從他房門經過時，都會聽到一陣毛骨悚然的恐怖咳嗽聲。我想，他很可能是這所療養院中的頭號重症者……

八月也終於接近尾聲，但難熬的夜晚依然持續著。一天晚上，我們怎麼都睡不著（早已過了就寢時間的九點），突然聽到遠處下方病房嘈雜起來。不時從走廊傳來的急促腳步聲、護士將病人按住時發出的低喊聲，和器具碰撞時尖銳的摩擦聲夾雜在一起。我不安地豎起耳朵聽著。過了一會兒終於平靜下來，但幾乎同時，各棟病房都傳出與剛才相同的喧鬧聲，最後，連我們這棟樓下也傳來那聲音。

我知道現在像暴風雨一樣席捲整間療養院的是什麼。其間，我幾次豎起耳朵，打探隔壁病人的情形。雖然剛才已經熄了燈，但她好像和我一樣沒有睡著。病人似乎一動不動地躺在床上，甚至沒有翻身。我一動不動地屏住呼吸，等待這場風暴自然停息。

到了深夜，風暴似乎終於平息，我不由得鬆了口氣，淺淺睡去。這時，隔壁房的病人突然抑制不住、痙攣似的猛咳了兩三聲，彷彿直到剛才都強忍著。我隨即醒來。之後，她停止咳嗽，但我始終不放心，便輕輕走進隔壁病房。病人似乎因為隻身一人而感到害怕，在黑暗中瞪大了眼睛看我。我什麼也沒有說，走到她旁邊。

「沒事了。」

她努力微笑著，用我幾乎聽不到的細微聲音說著什麼。我不發一語，在她床邊彎下身來。

「不要離開。」

病人和往常不同，有些怯懦地對我說道。我們就這樣一夜沒合眼，等到天明。

那件事過後，又過了兩三天，夏天突然走向了衰亡。

九月之後，先是下了幾場帶著一點風暴的驟雨，下下停停。不久後，雨便不停地下了起來。看樣子，樹葉還沒變黃就會先腐爛掉了。

原本夏日裡敞開的療養院病房門窗，現在都緊緊關上，房裡甚至有些昏暗。偶爾風敲打著門，後方的雜木林發出單調沉悶的呼嘯聲。沒有風的日子裡，雨水順著屋簷滴落露臺的聲音終日可聞。一個秋雨細細濛濛像霧氣的早晨，我站在窗邊低頭往下看。露臺前方院子裡的光線逐漸明亮起來。這時，一位護士站在煙霧似的細雨中隨手摘些盛開的野菊或秋櫻，朝這邊走來。我認出那位護士就是十七號病房的看護。「啊！那個總是發出駭人咳嗽聲的病人說不定死了。」我突然這樣想。看著那護士雖然被雨水淋了一身，卻依然開心地摘著花，我突然感到一股揪心的痛。「這裡病情最嚴重的患者果然是他吧！但如今他死了，那現在……啊！要是院長沒跟我說那些話就好了。」

我看著那護士抱著大大的花束消失在露臺下方，之後仍呆呆地把臉貼在窗玻璃上。

「你看什麼？看得那麼入神。」病人躺在床上問我。

「剛才外面有個護士冒雨去摘花，她是誰？」

我自言自語地小聲說著，終於從窗邊離開。

但接下來的一整天，我都不敢正視病人的臉。我覺得病人其實已經看穿了一切，卻佯裝不知，只時不時凝視著我，這更平添我一層痛苦。我心中抱持著無法分享的不安與恐懼，兩人各懷心事。我開始反省自己，努力要把剛才發生的事忘掉，但不經意間方才的事又浮現腦海。到最後，我甚至連原本已經忘記、病人作的那個夢都想起來了。那是病人在我們來到這療養院後第一天晚上作的夢。我本來不想問，後來又忍不住問出那個不吉利的夢。在那個奇怪的夢中，病人變成一具屍體躺在棺木裡，人們抬著那個棺木穿過一片陌生的荒野，或者說走進森林中。已經死去的她卻能清楚看到完全枯萎的冬之荒野和黑色樅樹，能夠聽到上空颳過的淒厲風聲……醒來之後，她依然能感覺到自己的耳朵很冷，樅樹發出的噪音還清清楚楚地充塞在耳中……

霧一般的細雨又連續下了幾天，季節已經完全轉變。我們這才發現，療養院中許多病患都接二連三地離開，只剩下不得不在這裡過冬的重症患者。療養院恢復了夏天以前的冷清，而十七號病房患者的死，又使這份冷清加重了幾分。

九月底的一個早晨，我在走廊北側窗邊漫不經心地朝後面雜木林張望，發現平常從來沒有人進去過的、那被濃霧籠罩的樹林中有幾個人進進出出。我覺得奇怪，便問了護士，但她一副不知情的樣子。我沒有特別放在心上，當下就忘了這件事。第二天一大早，又有兩三個人來到這裡。透過霧色，我隱隱約約看到他們開始砍伐後方山腳下的栗樹。

那天，偶然間聽說了前一日發生的事，療養院的患者們好像還都不知道。據說那個令人害怕的憂鬱症患者在那片樹林裡自縊身亡了。我這才發現，的確，那個總是抓著看護的手臂在走廊裡走來走去的大個子，以前每天總能看到幾次，昨天卻突然不見了。

「原來輪到他了……」十七號病房的患者去世後變得十分神經質的我，聽到相隔不到一周的時間裡又發生了這件事，竟然鬆了一口氣。甚至連這種死法一定會讓我產生的恐懼，都感受不到。

「雖說病情的嚴重程度僅次於剛死的那個人，但也不見得下一個死的就是我們。」我輕鬆地對自己這樣說。

後方林子裡的栗樹被砍去了兩三棵，留下一塊讓人稍覺突兀的空地。然後，人們鏟平那個小山丘的邊緣，把那裡的土壤運到病房北側陡峭斜坡的小空地上，準備把那裡修整得平緩一些；他們已經著手將那個地方整修成花壇了。

「父親來信了。」

我從護士那裡拿到一疊信，把其中一封遞給節子。她躺在床上接過信，眼睛突然像個少女一樣炯炯有神地讀了起來。

「哎呀，父親說要來呢！」

旅行中的父親在信中說，近日會在旅途回程時順便到療養院來看看。

那是十月裡一個晴朗的好天氣，只是風有點大。由於最近一直臥床不起，食欲減退，節子明顯消瘦了許多。但是，從收到信的那天開始，她努力吃飯，偶爾從床上起身或坐著。我明白，那是只有在父親面前才會流露的、少女打從心底油然而生的喜悅。我不制止她，只要她高興就好。

又過了幾天，一個下午，她父親到了。

他的臉比以前蒼老了幾分，駝背也比之前更明顯。他好像有點害怕這醫院的空氣。一到病房，就坐在病人的床邊，那是之前我每天坐的地方。也許是這幾天身體活動得太多，節子從昨天傍開始有些發燒。遵照醫生的吩咐，她從早就一直靜躺在床上，壓抑著內心的期待。

岳父似乎一直以為病人的病情已經漸好，今天卻看她臥床不起，有些擔心。他仔細檢視了病房內部，盯著護士們的每個動作，甚至還到露臺去檢查了一番，好像在尋找病人病情沒有好轉的原因。但每個環節都沒有發現問題，一切似乎都合他的意。過了一會兒，他看著病人那與其說是因為興奮、不如說是因為發燒而泛紅的臉頰，說：「可是，臉色很好！」他不斷重複著這句話，似乎想要努力說服自己：女兒的病況多少有些好轉。

之後，我假藉有事，留他們單獨在病房裡。不多久，我回到病房，發現病人坐了起來。她蓋的被單上放著岳父帶來的點心盒和別的包裝紙，都是她小時候喜歡吃的，岳父認為她現在依舊喜歡。看到我回來，她像做了壞事的少女紅著臉趕緊把那些收起來，放在一邊。

我有點不好意思，稍稍離開他們兩人，坐在窗邊的椅子上。兩人用一種比剛才更小的聲音，繼續著因為我中斷的話題，其中很多是他們熟悉而我不知道的人和事，有些甚至帶給她我體會不了的感動。

我像看著一幅畫，仔細端詳著他們倆愉快的交談。我發現她和父親說話的時候，表情和聲音的抑揚頓挫會散發出純情少女的光芒。她那孩童般的幸福模樣，讓我忍不住想像著我不知道的、她的少女時代……

岳父短暫離開，房裡只剩下我們的時候，我走到她旁邊，彎身附在她耳邊，逗她道：

「妳今天一臉我沒見過的純情少女模樣唷！」

「哪有啊！」她像小女孩似的，用兩手捂著臉。

岳父在這裡住了兩天，便離開了。

出發之前，我帶岳父在療養院周圍散步一圈，其實是想單獨說說話。那天天氣很好，天上一片雲也沒有，八嶽山也露出許久不見的黃褐色山脊，山色清晰。我指指遠方的大山，父親卻只微微抬起視線，專心跟我說話。

「這裡該不會不適合她吧？都來了半年多，我覺得她的身體狀況應該要更好一點才是。」

「呃……也許是今年夏天哪裡天氣都不好的緣故吧！據說這種深山裡的療養院冬天對病人最好……」

「這樣看來還是在這裡過冬比較好，不過，她可能受不了冬天……」

「但她好像也願意在這裡過冬。」我急切地想讓岳父知道，這山裡的孤獨給我們帶來許多幸福，但是一想到岳父為我們做的犧牲，我的話就難以出口。只好繼續說些不著邊際的話。「哎呀，好不容易來到山裡了，多住些日子比較好。」

「可是，你能陪她到冬天嗎？」

「嗯，當然。」

「那真是給你添麻煩了。但，你的工作還在進行嗎？」

「沒有……」

「你不能只顧著病人，自己的工作也得多少做一點啊！」

「嗯，接下來會稍微……」我有些語塞。

「是啊，我已經放下工作好長一段時間了，得趁現在做一點……」我想著這些，心情漸漸沉重起來。我們沒再說話，默默佇立在小山丘上，凝望天空。不知道從什麼時候開始，西方飄來很多鱗片般的雲，散佈在我們上方的天空中……

不一會兒，我們穿過葉子已經完全變黃的雜木林，從後方回到醫院。那天也有兩三個工人在小山丘上鏟土。從他們身旁經過的時候，我只若無其事地對父親說：「據說這裡要蓋一座花壇。」

傍晚，我送岳父到停車場，回來後，發現病人側著身子躺在床上劇烈地咳嗽。咳得這麼劇烈還是第一次。等她稍微和緩一些，我問：

「怎麼回事？」

「沒事，很快就好了，」病人費力地說道：「給我一點水。」

我拿起熱水瓶往杯子裡倒了一點水，遞到她嘴邊。她喝了一口，平靜了下來。但這狀態維持沒多久，她又咳了起來，而且比剛才還要劇烈。我看著她的身體幾乎晃出床沿卻束手無策，只能說：

「我去叫護士吧？」

「……」

咳嗽間歇，她的身體依然蜷曲著，看起來十分痛苦。她雙手捂著臉，只點了點頭。

我去叫護士，護士立刻拋下我飛快跑進病房。我隨後跟到，病人在護士雙手的支撐下，躺回比較舒坦的姿勢。這時，病人瞪大了無神的眼睛，咳嗽似乎暫時止住了。

護士一點一點地放開支撐著她的手。我不知道該站在哪裡，只好呆立在門口。

「已經沒事了……先保持這樣的姿勢，暫時別動。」護士這樣說，一邊整理弄亂的毯子和器物。「我去叫人來打針。」

護士走出房門時，在我耳邊說：「咳了一點血。」

我終於走到她的床邊。

她的眼睛無神地睜著，給人一種睡著了的錯覺。我幫她撩起覆在那蒼白額頭上捲曲的頭髮，手輕撫她冒著冷汗的額頭。她終於因此感覺到我溫暖的存在，嘴角浮現出一絲謎樣的微笑。

絕對安靜的日子持續著。

病房裡窗上的遮陽簾完全放了下來，房裡昏暗暗的，護士們都踮著腳尖走路。我幾乎所有時間都陪在病人床邊，夜裡的照顧工作也是我一個人負責。病人偶爾會看看我，想要說些什麼。每當這種時候我都把手指豎在唇邊，不讓她說。

這樣的沉默，讓我們陷入各自的思緒中，然而我們都很清楚對方在想什麼。我一直在想，這次的事，似乎只是將病人一直為我做的、那些看不見的犧牲具體呈現出來了而已。我也能清楚感覺到，病人似乎覺得是自己不小心，導致我們倆細心灌溉的幸福瞬間化為灰燼，而懊悔不已。

病人不把忍耐犧牲當回事，反而一直怪自己不小心。這種可憐的心情讓我心痛。我讓病人為我做出那樣的犧牲，自己卻只想著與躺在病床上隨時有生命危險的病人一起品味、享受生命的愉悅。我們相信正是這樣的愉悅讓我們感受到無比的幸福，但，這真能讓人滿足嗎？我們認定的、當下的幸福，難道不比我們想像的更短暫、更捉摸不定嗎？

夜裡依然要照顧病人的我有些累了，在迷迷糊糊睡去的病人身旁，我一邊想著許多事，一邊感覺到我們的幸福面臨某種威脅，而惴惴不安。

但是，這樣的危機僅持續了一個星期，就解除了。

一天早晨，護士終於取下遮陽簾，打開了部分窗戶。從窗子照進來的秋日陽光相當耀眼。「好舒服啊！」病人為了適應閃亮的光線而瞇起眼睛，彷彿從床上甦醒似的說道。

我坐在她的床頭，打開報紙看新聞，心想：震撼人心的危機一旦平安度過之後，反而給人一種「是其他地方發生的事」的感覺。我這樣想著，看了她一眼，忍不住用揶揄的口氣說：

「下次父親再來，可別那麼興奮喔！」

她的臉稍稍泛紅，卻老老實實地任我揶揄。

「下次父親再來，我應該做自己該做的事，不要管他。」

「妳要是做得到就好了……」

我們這樣開著玩笑，像在安慰對方，也像兩個孩子把所有責任都推給她的父親。

於是，我們倆的心情自然而然地輕鬆了起來，似乎這一星期以來發生的事不過是某個地方出現了一點小小的差錯而已，我們已平安從這場無論在肉體或精神上都給我們沉重打擊的危難中脫身。至少，我們這樣覺得。

一天晚上，我在她身邊讀書，突然闔上書本走到窗邊，站在那裡陷入沉思。隨後，我回到她身邊，再次埋首書裡。

「怎麼了？」她抬起頭問我。

「沒什麼。」我若無其事地回答，假裝沉浸在書裡，但幾秒之後還是忍不住開了口。

「來這裡之後我幾乎什麼都沒做，我在想，應該開始工作了。」

「對呀，你不工作是不行的，父親也很擔心喔！」她一臉認真地回答：「別總是想著我……」

「不，我要想更多妳的事，」我一邊思考著當時突然浮現腦海的小說架構，一邊喃喃自語地說：「我想把妳的事寫成小說，除此之外我什麼都沒法想。我們現在給予彼此的幸福——從世人認為走投無路的絕境，萌發出對生命的喜悅——我想把這沒有人知道、僅屬於我們的感覺，轉換成具體的小說，好嗎？」

「好。」她似乎一直追逐著我的思緒，就像她也想著同樣的事，很快地回答了我，隨即又抿嘴一笑，小小聲地說：

「我的事，隨你怎麼寫。」

我大大方方地接受了。

「好，那我就照自己的意思寫囉！不過，這次我需要妳的幫助。」

「我幫得上忙嗎？」

「嗯，我想讓妳從我的工作中感受到滿滿的幸福，這很重要……」

比起自己一個人苦思，像這樣兩人一起思考的時候，我的腦子會異常地靈活。新念頭不斷湧現，我的身體不知何時開始在病房裡走來走去，彷彿被腦中洶湧的想法推動似的。

「你總是待在我這個病人身邊，精神都變差了，多少出去散散步吧？」

「嗯，我要開始工作了，」我興奮地睜大眼睛、精神飽滿地回答：「就好好去散步吧！」

我走出了那片森林。前面有一片大沼澤，再走過一片森林，無邊無際的八嶽山麓便呈現在我眼前。更遠處，一個很小的村莊和一片傾斜的耕地，橫亙在與那片森林相鄰的地方。幾個紅色屋簷像翅膀一樣伸展的療養院建築，已經變得很小，但我卻看得清清楚楚。

一早，我就走出療養院，像靈魂出竅般，一邊放任思緒飛馳，一邊隨順雙腳前進，在一片又一片森林中迷走。而此刻拂過我眼簾的風，卻突然將我從視線遠端那小小療養院逐漸被秋天清爽空氣包圍的思緒中喚醒，將我們波瀾不驚的不尋常生活與那療養院中許多病人坐困愁城的心境區分開來。然後，在稍早湧起的創作慾驅使下，我開始將我們不同於一般的每一天，轉換成一個異常悲傷又平靜的故事……「**節子啊，我無法想像我們會像現在這樣相愛。因為以前我的生活裡沒有妳，而妳的生活裡也……**」

我開始回憶發生在我們身上的每一件事，有些轉瞬即逝，有些一直停留在某個地方、沒有前進的一天。現在我雖然離節子很遠，但這段期間我始終不停地跟她說話，也聽到了她的回答。我們倆的故事就像生命本身一樣，無有盡時。這個故事一度好似有了生命，拋下我恣意開展，甚至把常卡在某處的我丟在原地，編造起生病女主人那令人傷心的死亡，彷彿那才是它想要的結果——預知自己將死，卻快樂優雅努力活下去的女子躺在戀人懷中，一面為留在世上的戀人悲傷，同時幸福地走向死亡——這樣一個女子的畫面清晰地浮現在我眼前。「男人試圖讓他們的愛情更加純粹，勸有病在身的女子跟自己一起住進山裡的療養院。但是，當死亡開始威脅他們的時候，男人卻越來越懷疑：即便他們完全得到想要的幸福，真能因此滿足嗎？而女子卻在痛苦的彌留之際，感謝男人一直以來對自己的真誠照顧，帶著滿足的笑容死去。爾後，男人在優雅亡者的幫助下，終於開始相信兩人之間那小小的幸福……」

這樣的故事結尾好像一直在那裡等著我似的。隨即，女子瀕死的畫面劇烈地刺痛我的心。我倏地從幻想中覺醒，一股莫名的恐懼與羞恥湧上心頭，彷彿想快速擺脫幻想般，我從山毛櫸裸露的樹根處猛地站了起來。

太陽已經升得很高了。眼前的大山、森林、村落和農田，都在秋天和煦的陽光中安靜著。遠方那似渺小的療養院中的一切，想必也已恢復了往日的作息。這時，節子孤寂的身影突然浮現在我眼前，我看得到她在那一群陌生人間，被習慣了的生活拋棄，孤零零地等著我回去。想到這裡，我突然非常擔心，急忙沿著山中小路往下走。

我穿過後方的樹林回到療養院，沿著露臺轉了幾個彎，朝著最靠邊的那間病房走去。節子沒有注意到我，她像往常一樣躺在床上，邊玩弄自己的髮梢邊凝視著虛空，眼神裡帶著些許悲傷。我本想用手指敲一下玻璃窗，一轉念便沒有行動，只是目不轉睛地看著她。她似乎在努力與某種正威脅她的東西對抗著卻不自覺，只是一臉茫然。我感到一陣心痛，緊緊盯著她那陌生的模樣。這時，她的表情明快了起來，抬起頭，臉上露出微笑；她發現了我。

我從露臺走進病房，走到她身邊。

「妳在想什麼？」

「什麼也沒想……」她用一種讓我感到陌生的聲音回答道。

我沒有接話，略帶遲疑地靜默著。她似乎終於回過神來，以親密的語氣問道：「你去哪裡了？去了好久啊！」

「那邊。」我若無其事地用手指了從露臺可見的森林方向。

「啊，那麼遠，工作有進展了嗎？」

「嗯，算有吧……」我淡淡地回答後，又像剛才那樣沉默。

然後，我提高了聲調，突兀地問：

「妳對現在的生活滿意嗎？」

她對我這沒頭沒腦的問題好像有些膽怯，緊緊地注視著我，點了點頭表示確定，隨即一臉疑惑地反問道：

「為什麼這麼問？」

「我總懷疑我們現在的生活是我任性造成的，是我把自己認為重要的東西強加在妳身上……」

「我不要你說這些，」她突然打斷了我的話：「你這麼說才是任性。」

即使她這樣說，我依然不滿意。她目不轉睛地看著我消沉的樣子，終於忍無可忍似的說：

「你難道不知道我對這裡的生活很滿意嗎？無論身體狀況多不好，我沒有一次想回家。如果沒有你在身邊，我會變成什麼樣子？我不敢想。剛才你不在，我也忍耐著、安慰自己說你回來得越晚，我看到你時的喜悅就會越多。但是，早就過了我覺得你該回來的時候，你卻沒有回來，我擔心起來，我們天天待在一起的這個房間突然變成一個陌生的空間，我想從這令我害怕的空間跑出去……但我馬上想起你以前曾對我說過的一句話，心情總算平靜下來。你以前這樣跟我說過吧？若我們在很久很久之後想起現在的生活，那該是多麼美好的事……」

她的聲音逐漸變得沙啞。說完之後，她抿著嘴，似笑非笑，凝神看著我。

聽到她的話，我非常難過，但彷彿怕她看穿內心的激動，我往露臺走去。我在露臺上意味深長地看著這一帶的風景——就像我們曾經一起完整描繪兩人幸福的那個初夏傍晚，但又多了與那時完全不同的秋日午後陽光、一道更清冷更有深意的光。同時，心中湧出一股類似幸福卻更令人揪心、陌生的激動，以及隨之而來的悲傷……

冬天

一九三五年十月二十日

下午，我像平常一樣把病人留在病房中，離開療養院，穿過農夫們正忙著收割的田野，翻越雜木林，來到山坳處一個人跡罕至的小山村。我穿行過小溪流上面搭建的吊橋，登上小山村對岸、長著栗子樹的低矮山丘，在斜坡上坐下來。我感到心情愉快，平靜地沉浸在我接下來將開始寫的小說構思中。在我視野的下方，偶爾會有孩子們或者別的什麼搖晃栗子樹，栗子一下子落了一地，發出巨大的響聲，響徹整個山谷，把我嚇了一跳……

周圍所見或所聽聞的一切，彷彿都在告訴我生命的果實已經成熟，我同時感覺到它們都在催促我趕緊收穫這已然成熟的果實。我喜歡這種感覺。

太陽終於西斜。山谷對面那處小山村已經早早地消失在雜木林所形成的陰影當中了。我慢慢地站起身來，下山，再次越過了吊橋，走到另一個小山村中，水車咕嚕嚕地轉著。我若無其事地繞著小山村走了一圈之後，便沿著八嶽山麓的一片落葉松林邊，準備走回療養院。想到病人也差不多急著等我回去了，於是我便稍微加快了腳步……

十月二十三日

天快亮的時候，我突然聽到身邊有異樣的響動，吃了一驚，先是睜開眼睛，然後豎起耳朵，但是整個療養院卻如死亡一般寂靜。然後我就完全清醒，再也睡不著了。

我透過攀附著許多小飛蛾的玻璃窗，茫然地看著黎明的天空，兩三顆星星發出微弱的光芒。不久，我開始覺得這樣的早晨有一種難以言說的寂寞。我悄悄地起身，光著腳走到昏暗的隔壁病房中，可是我完全不知道自己想做什麼。我就這樣走到節子的床前，彎下身看著她睡著的樣子。這時，突然她啪地一下子睜開了眼睛，仰頭看著我，一臉奇怪地問道：「怎麼了？」

我用眼神告訴她沒什麼，然後便慢慢地彎下身子，就好像再也難以忍耐了似的，將我的臉緊緊地貼在她臉上。

「呀，好冰喔！」她閉著眼睛，微微地晃了晃頭。頭髮散發出幽幽的芳香。我們就這樣一直緊緊地將臉貼在一起，互相感受著對方的呼吸。

「哎呀，栗子又掉下來了。」她輕輕將眼睛睜開一條細縫，看著我小聲說道。

「啊，原來是栗子落地的聲音啊，就是那個聲音把我吵醒的。」

我稍微提高了一下音調，一邊說著一邊輕輕地放開她，走到不知何時已經開始透著天光的窗邊。然後，我倚在窗戶上，目不轉睛地看著遠方，任由剛才不知道從哪隻眼睛滲出來的一股熱呼呼液體流下臉頰。遠方的山頂上有幾片靜止不動的雲，雲邊已漸漸泛出濃重的鮮紅。農田那邊也終於有了動靜……

「你那樣會感冒的。」她在床上小聲說道。

我想輕鬆地給她一個回答，便轉過頭去，但卻看到她瞪大了眼睛，一臉擔心地看著我。一時之間我想不出任何輕鬆的言語，便默默地離開窗邊，回到自己的房間。

過了幾分鐘，病人開始劇烈地咳起來，每天黎明的時候都是這樣。我再次鑽進自己的被窩，心中湧起一股無以名狀的不安，聽著病人的咳嗽聲。

十月二十七日

今天下午也是在山上度過。

一整天我都在思考一個問題。一個有關真正婚約的問題——兩個人在短暫的一生中究竟有多少時間能讓對方感受到幸福呢？我的眼前清晰地浮現出彼此的身影：一對對在無法違抗的命運面前低著頭、互相溫暖對方的身心、並肩站在一起的年輕男女，我們是其中的一對。我們的身形顯得有些寂寞，卻也並非不快樂。除了這個，現在的我還能描繪出些什麼呢……

廣袤無垠的山麓已經完全被斜坡上的落葉松林染成了黃色。到了傍晚，我像往常一樣沿著松林急急忙忙地往回走。就在這時候，我遠遠看到，療養院後的雜木林角落裡，一個高個子的年輕女子站在斜照的日光中，烏黑的頭髮在陽光下閃亮。我稍微停下腳步，那好像是節子。但是只有她自己一個人站在那裡，我因為不確定那到底是不是她，便沒有出聲叫她，我比往常稍微加快了腳步。當我逐漸走近時，發現那果然是節子。

「怎麼啦？」我跑到她的身邊，喘著粗氣問道。

「我在這裡等你呀！」她赧然一笑，說道。

「你怎麼能這麼亂來呢？」我從側面看著她的臉。

「就出來一次，沒事啦！而且我今天感覺特別好。」她努力表現出快活的樣子，這樣說著，但她仍然目不轉睛地看著我回來的那個山麓。「我從老遠就看見你回來了。」

我什麼也沒有說，只是站在她的旁邊，看著同一個方向。

她再次快樂地說道：「在這裡能看見整個八嶽山呢！」

「嗯。」我漫不經心地答應了一聲，然後和她肩並著肩，遙望那座大山，突然覺得思緒混亂起來。

「我和你在一起眺望這座大山，今天是第一次吧？但是我卻感覺我們已經像這樣一起看那座大山很多次了。」

「怎麼可能？」

「啊，對了……我總算想起來了。我們很久以前在山的另一邊一起遙望那座大山，就像現在這樣。不，那個夏天我和你一起遙望那座山的時候，大山總是被雲霧遮住，沒法看清……但是到了秋天，我一個人到那裡去，就能夠看到聳立在遠方地平線上的那座大山，正好是與現在相反的大山的另一側。那時我根本不知道的那座大山就是這個。正好是那個方位……你還記得那個長滿了芒草的草原嗎？」

「嗯。」

「但是，真的很不可思議啊！現在，我和你竟然一起在同一座山的山腳下生活了這麼長時間，卻一直都沒有發現。」我不由得懷念起以前，那時的情景清晰地浮現在我的眼前。正好就在兩年前的那個秋季的最後一天，我躺在茂盛的芒草叢中，遙望著遠處地平線上那清晰起伏的山脈，心中帶著一種近乎悲傷的幸福感，夢想著有一天我們能在一起生活。

我們都陷入了沉默。看著遠方層巒疊嶂的群山，以及悄無聲息地在山頂上空飛過的候鳥群，心中就像初識時一般戀慕著對方。我們肩並著肩佇立良久，影子逐漸在草地上伸長……

過了一會兒，好像是起了風，我們背後的雜木林突然喧雜起來。「準備回去吧！」我像是突然回過神來，對她說道。

一走進雜木林，周遭樹葉紛紛飄落，我不時停下腳步，讓她稍微走在前面。猶記得兩年前的那個夏天，我們常在森林裡散步，當時我為了多看她一眼，總是特意落後她兩三步，跟在她身後。那時的點點滴滴如今浮現在我的腦海中，我感覺心頭一緊，有什麼在心底滿溢出來。

十一月二日

夜晚時，一盞燈拉近了我們兩人的距離。我們已經習慣在燈光下無言相對，我努力寫著那個以我們生之幸福為主題的故事。節子躺在燈罩後昏暗的床鋪上，安靜地睡著，靜得彷彿像她不存在一般。我偶爾抬起頭向她那邊看一眼，有時發現她也正看著我，那樣子好像已經盯著我許久，眼神中充滿愛意，像是急切地說著：「只要能像現在這樣待在你身邊就好。」——啊，我們是多麼幸福啊！那眼神讓我深信我們此刻所擁有的幸福，也幫助我能將當下的幸福化成一種清晰可觸及的文字。

十一月十日

冬天到了，天空變得開闊起來，群山也愈發貼近了。只有遠山的山頂不時地被靜滯的烏雲覆蓋。這樣的早晨會有很多罕見的鳥兒，好像是被山上的雪趕了下來似的，成群結隊地來到院落的露臺上。有時，山頂的烏雲散去後，一整天下來山頭會變成淺淺的白色。隨著冬意加深，有幾座山的山頂開始出現積雪，那白變得醒目起來。

我想起幾年前自己常常夢想有一天能和一位可愛的女子，來到這樣寂寥的冬天深山中，互相深愛著對方，過著完全與世隔絕的生活。那時我夢想著在那種別人都感到恐懼的嚴酷自然環境中，實現我從小便無限嚮往的甜美人生。而且，只有在這種寒冬寂寞的深山中，才能實現我那個夢想……

夢想中，每天天剛濛濛亮的時候，微病的女子還在熟睡，我便輕輕地起身，精神十足地從山中小屋飛奔到外面的雪地上。周圍的群山沐浴著曙光，染上一層玫瑰的紅色。我到附近的農家要一些剛擠出來的羊奶，拖著快要凍僵的身子回到兩人住的小屋。然後，我將木材放進暖爐，不一會兒，暖爐中的木材發出劈劈啪啪的響聲，熊熊燃燒起來。女子聽到這個聲音，醒了過來，而這時候的我正以凍僵的手拿著筆，愉快地記錄著我們在大山裡的生活……

今天早晨，我想到幾年前自己的這個夢想，眼前浮現出不可能存在世間、如版畫一般的冬日風景，我想像著一一變換那個木屋中的傢俱位置，或者跟自己商量應該把那些傢俱放在哪裡。接著，我腦海中的畫面漸漸變得支離破碎，景象開始模糊，最後消失，眼前只剩下有少許積雪的群山、光禿的樹枝和冰冷的空氣。夢醒了，唯有這些突兀地留在現實中。

一個人先吃了飯然後將椅子挪到窗邊陷入了回憶中的我，突然將視線轉向節子。她終於吃完了飯，在床上起身，神情有些疲倦，目不轉睛地盯著大山的方向。我看著她那張消瘦的臉和有些淩亂的頭髮，感受到一種從未有過的痛心。「是我的夢想讓我將妳帶到這個地方來的嗎？」我心中充滿一種近似後悔之情，很難受，默默地用眼神詢問病人。

「然而，我最近卻一心都放在自己的工作上。即便我像現在這樣待在妳的身邊，也從來沒有思考過現在的妳的事。而我卻對妳說，也對自己說，我會一邊工作一邊好好地思考妳的事。於是，不知不覺地我便得意忘形起來，開始為了我這個無聊的夢想，而不是妳，浪費時間……」

病人躺在床上，或許是發現了我這種欲言又止的眼神，便也不笑，一臉嚴肅地看著我。最近不知道從什麼時候開始，為了拉近彼此的距離，我們開始比以前更長時間地互相注視著對方並且成了日常習慣。

十一月十七日

再過兩三天，我大概就能把草稿寫完。如果要寫我們現在的生活，那就永遠也寫不完。為了暫時收筆，我必須要給這個故事安排一個結尾。只是，我不想對持續流動的生活強加一個結尾。不管是什麼樣的結尾都不行。不，我不會寫結尾的。或者說，保持現在的樣貌，並以此作為結束是最好的。

保持現在的樣貌……我想起在某部小說中讀到的一句話「沒有什麼比幸福的回憶更會阻礙人們的幸福」。現在我們互相給予的，與我們曾經給彼此的幸福已然是那麼不同！那是一種更加令人揪心的感傷，類似於幸福卻又與幸福大相逕庭。我們生活的真面目還沒有在生命的表面完全彰顯，我若這樣馬上追逐過去，就能找到適合我們故事的結局嗎？不知道為什麼，我強烈感覺到在我所沒有弄清楚的人生面貌旁，隱藏著對我們之間那種幸福懷有敵意的東西……

我想著這些，心裡難以平靜，便關上了燈，正要從已經入睡的病人身邊走過，突然停下腳步，在黑暗中端詳著她那張蒼白的睡顏。微微凹陷的眼睛周圍肌肉偶爾會抽動，好像她正受到什麼威脅。或許，只是因為我自己心中有著無以名狀的不安，所以會產生這種感覺。

十一月二十日

我重頭到尾讀了一遍我之前寫的草稿，覺得自己想要表達的東西差不多都寫到了。感到還算滿意。

但是，另一方面，我在閱讀這些東西的我自己身上發現了另外一個我，那個我已經變得無能品味這個故事的主題「兩人幸福」，只是不斷地顯現出一種不安。於是，我的思考在不知不覺間脫離了故事創作，「這個故事中的我們，品味著有限而又渺小的生之愉悅，並相信自己能因而透過這獨特的方式給予對方幸福。至少我一直覺得就因為這樣，我才能靜下心來──但是，我們的陳義是不是太高了呢？而且，我們是不是太低估自己對於生的欲望呢？因為這個原因，我的心才無法平靜嗎……」

「可憐的節子……」我也不去整理被我拋在桌子上的草稿，繼續思考著。節子似乎在沉默中看穿了我心中所隱藏的那種生之欲望，一臉同情。這一來又讓我開始感到痛苦……我為什麼沒能對她隱藏那份欲望呢？我為什麼會這麼脆弱呢？」

我轉過頭去看向燈光下的陰影處，看著從剛才到現在都躺在床上半閉著眼的病人，我幾乎感到要窒息了。我離開燈光明亮的地方，靜靜地朝露臺上走去。夜空中掛著一彎小小的月牙，微弱的月光勉強照出雲霧繚繞的山巒、山丘和森林的輪廓，其他的山景則全部消融在淡灰色的夜幕中。但是，我眼前看到的並非這些，而是往昔的那個夏天傍晚，我們一邊想透過一種令人傷感的同情將兩人的幸福完成，一邊依偎在一起眺望著遠方的夏夜。那些還未失去任何東西之前的大山、山丘和森林，再度清晰地在我心中復甦。連我們自己也似乎成為那瞬間風景的一部分，至今那瞬間風景曾經多次浮現在我心頭，這一切又在不知不覺間成為我們的一部分。反而是隨著季節的變化而更替的風景，有時我甚至視而不見……

「我們曾經擁有那麼幸福的瞬間。是否光靠這一點，我們一起這樣的生活就是值得的呢？」我問自己。

我的背後傳來了輕微的腳步聲，我知道那肯定是節子，但是我並沒有回頭，仍舊直直地站在原地。她也什麼都沒有說，站在離我稍遠一些的地方。我感覺她離我很近，甚至能夠感覺到她的氣息。冰冷的風偶爾悄無聲息地掠過露臺，遠方的枯木發出沉悶的嗚咽。

「你在想什麼呢？」她終於開口。

我沒有馬上回答她，只是轉過臉去看著她，不確定該不該笑地笑著，反問道：

「妳應該清楚吧？」

她小心翼翼地看著我，好像怕我話中有陷阱似的。「不就是在想跟我有關的工作嗎？」看到她這個樣子，我想了一下緩緩地說：「我怎麼也想不出一個好的結尾。我不想寫一個讓我們覺得白活了一回似的結局。怎麼樣？妳能和我一起想嗎？」

她衝我微微一笑。然而，那微笑中帶著些許不安。

「可是，我還不知道你寫了什麼。」她終於小聲說道。

「對喔！」我再次猶豫了一下，笑著說：「那最近我讀一段給妳聽吧，可是，連開頭的地方我還都沒有把握已經可以讀給別人聽了呢！」

我們回到房間裡，在燈光前坐了下來，重新把我剛才扔在桌上的草稿拿在手中看了起來。她站在我的背後，輕輕地把手搭在我的肩上，隔著肩膀看著我手裡的草稿。突然我回過頭去，不帶感情地說：

「妳該睡了。」

「嗯。」她老老實實地回答，想了一下然後將手從我的肩膀上移開，回到床上。

「感覺睡不著呢！」過了兩三分鐘，她在床上自言自語似地說道。

「那我把燈關了？我不看了。」說著我便關了燈，朝她的床頭走去。我坐在她的床沿，拉起她的手。就這樣我們在黑暗中沉默著。

外頭的風似乎比剛才增強了，呼嘯著從周圍的森林吹過，偶爾朝著療養院的樓奔過來，啪嗒啪嗒地敲打著別處的窗戶，最後也敲響了我們的窗。她像是害怕似的，一直緊抓著我的手不鬆開。她就這樣閉著眼睛，想讓自己靜下心來入睡。過了一會兒，她的手慢慢鬆開，她開始裝作睡著了……

「好了，這回該我了。」我小聲說著，走進了自己那漆黑的房間，讓和她一樣難以入睡的自己躺上床睡覺。

十一月二十六日

最近，我經常在天剛濛濛亮的時候就醒了。這種時候，我總是悄悄地起身，仔細地盯著病人的睡顏。床沿和水瓶都已經開始泛黃，只有她的臉色總是那麼蒼白。「可憐的孩子！」有時我會不自覺地說出這句話，這已經變成了我的口頭禪。

今天早晨，我又在黎明將近的時候醒了。我走到病人的床邊長時間地看著她睡覺的樣子，然後再踮著腳尖離開，走進療養院後面的那葉子幾乎落光的樹林。每棵樹上都只剩下兩三片枯葉，無力地對抗著寒風。當我走出樹林時，從八嶽山的山頂初升起來的太陽，逐漸染紅了低垂在群山上靜止不動的雲。但是，那裡的曙光似乎灑不到大地上。大山之間的森林、農田和荒地，都變得光禿禿的，好像被整個世界拋棄了。

我走向那片枯木林的盡頭，偶爾停下腳步，因為氣候太冷而不由得跺著腳，在附近走來走去。我想了很多事情，但是卻也記不清自己想了些什麼。一會兒，我突然抬起頭來，發現頭頂上的天空已經完全被失去光彩的黯淡雲朵覆蓋。原來一直到剛才為止，我都在期待那束燃燒著的美麗曙光來到地面上，看到這樣的灰暗天空，便一下子感到無趣起來，於是快步回到了療養院。

節子已經醒了。一看到我回來，她也只是憂鬱地抬起眼來看我了一下。

臉色比剛才睡著的時候還要蒼白。我走到她的床邊，擺弄著她的頭髮，想要吻她，她卻有氣無力地搖了搖頭。我什麼也沒有問，一臉傷心地看著她。她似乎不想看我，不，或者說是不想看到我的悲傷，只是自顧自一臉茫然地看著虛空。

夜裡

只有我還什麼都不知道。上午的檢查做完之後，我被護士長叫到了走廊上。我這才聽說，早上節子在我不在的時候咳出少量的血，她沒有告訴我。護士長還說，她的咳血雖然還沒到危險的程度，但是院長說為了以防萬一，要安排一個貼身照顧的看護。我只好答應了。

我決定在這段期間搬到隔壁正好空出來的病房。在這間幾乎所有的一切都和我們兩人住的病房沒有不同、卻又十分陌生的房間裡，我孤零零地坐在裡頭寫著日記。我已經坐了好幾個小時了，依然感覺房裡空蕩蕩的。就好像這裡一個人都沒有，就連燈光都是冷冷的。

十一月二十八日

我把幾乎已經完成的草稿扔在桌子上，也不去碰它。我婉轉地告訴病人，為了完成稿子，我們暫時分開住一段時間比較好。

但是，現在惶惶不安的我如何能夠進入書寫狀態，如何去描繪曾經那麼幸福的我們的生活呢？那是不可能的。

我每隔兩三個小時就到隔壁的病房，在病人的床上坐一會兒。讓病人說話對病人是最不好的，所以多數時候我們都不說話。護士不在的時候，我們也只是默默地拉著手，儘量不去看對方的眼睛。

但是，不管怎樣總會有眼神交會之時。每當這時候，她就像我們初識時那樣，臉上浮現出有些害羞的微笑。接著，她馬上就會轉開視線，心平氣和地躺在床上，看著虛空，完全不抱怨現在的狀態。她問過我一次我的工作是否有進展，我搖了搖頭，她的神色中滿是同情。但是，從那以後她就再也沒有問過我工作上的事情了。和別的日子一樣，一天就這樣平靜地過去，就好像什麼事情也沒有發生過一樣。

她甚至拒絕我替她寫信給父親。

夜裡，我坐在書桌前，什麼也沒做，只是茫然地看著落在露臺上的燈影。透過窗子的光線變得越來越微弱，直到消失在黑暗中。這似乎是我看到的，又似乎是我心中的感覺。我心想，或許病人也沒有睡，正在想我……

十二月一日

不知道為什麼，最近喜歡房裡燈光的飛蛾又多了起來。

夜裡，不知從哪裡飛來的那些飛蛾，使勁地撞著緊閉的玻璃窗，飛蛾在衝撞中不斷傷害著自己，同時又拚命地求生，拚命地想在玻璃上撞出一個洞。我嫌那聲音吵，便關了燈躺在床上，但是牠們依然瘋狂地撲打翅膀。過了一會兒，牠們似乎沒有氣力了，便攀附在某個地方不動。第二天早晨，我必然會在那扇窗下，發現一具像一片枯葉般的飛蛾屍體。

今天也有一隻飛蛾，終於飛闖進了房中。從剛才開始，它就瘋狂地圍著我對面的燈轉。一會兒，啪地一聲牠落到我的稿紙上，然後一直不動。過了一會兒，牠又好像終於想起來自己還活著似的，突然飛起來。看那樣子牠都不知道自己在做什麼。然後，牠又啪嗒一下落到紙上。

我感到一種異樣的恐懼，卻不處理，反而表現出一種事不關己的樣子，任由牠它在我的紙上死去。

十二月五日

傍晚，房間裡只剩下我們兩個人。貼身看護剛離開去吃晚飯了。冬天的太陽已經逐漸落入西邊的山後。傾斜的夕照突然照亮了逐漸變得冰冷的房間。我坐在病人的床邊，把腳伸到暖器上，彎著身看著手裡的書。這時，病人突然輕輕地叫了起來。

「啊，父親。」

我嚇了一跳，抬起頭來看著她，發現她的眼睛裡閃爍著平常沒有的喜悅。我裝作沒有聽到她剛才的話，若無其事地問道：

「妳剛才說什麼了嗎？」

她沉默了一會兒。但是，她的眼睛看起來變得更加有神了。

「那座矮山的邊上，有一小處陽光照到的地方，對吧？」她好像終於鼓起了勇氣，在床上用手指著那個方向，然後又把手放到了自己的嘴邊，好像要把自己難以啟齒的話從嘴裡拉出來似的。「每天傍晚到這個時候，那裡就會出現一個和父親的側臉一模一樣的陰影……瞧，現在正好出現了，沒看到嗎？」

我順著她手指的方向很快就明白了她所說的是哪座矮山，但是山上卻只能看到在傾斜的夕照中清晰浮現的山皺襞。

「快要消失了……啊，現在只剩下額頭的部分了……」

這時，我終於看到了她所說的那塊像岳父額頭的皺襞了。這也讓我想起了岳父那堅實的額頭。「就連這樣的影子，都能勾起她對父親的思念嗎？

啊，她還在思念著父親，呼喚著父親……」

但是，就在一瞬間之後，那座小山就完全被黑暗籠罩了。所有的光影都消失了。

「妳想回家吧？」我不由得脫口說出了自己心中想到的第一句話。

然後，我便一臉擔心地看著節子的眼睛。她用一種近似於冷漠的眼神與我對視著，然後突然轉開了視線。

「嗯，突然覺得想回去了。」她斷斷續續地用一種我幾乎聽不到的聲音說道。

我咬著嘴唇，不動聲色地離開窗邊，朝窗子的方向走去。

她在我的背後用一種顫抖的聲音說道：「對不起……可是，這只是在剛才那一陣子而已……馬上就好了。」

我站在窗邊抱著胳膊，默默無言。山麓已經凝固在黑暗中。但是山頂上還有一些微弱的光。突然，我突然感到一種令人窒息的恐懼，猛地回頭朝病人的方向看去。她用兩手捂著臉。我覺得好像即將要失去什麼似的，感到極度不安，跑到床前，強行把她的手從她臉上拿開。她沒有反抗。

高高的額頭、祥和的眼神、緊閉著的嘴唇——所有的一切都和平常沒有什麼不同，甚至比平常更讓人感到難以侵犯。我反而覺得自己像個孩子，明明什麼事情也沒有我卻如此害怕。然後，我突然渾身無力，噗通一下跪在床前，把頭深深地埋進床沿，把臉緊緊地貼著床沿，久久不動。病人的手正在輕輕地撫摸我的頭髮……

死亡陰影的幽谷

一九三六年十二月一日於K村

時間過了將近三年半後，我又來到這個村子，此際已完全被大雪覆蓋。聽說這雪大約一周前便開始下不停，直到今天早晨才總算停了。受雇前來替我做飯的村裡女孩和她的弟弟幫我把行李裝載到他的小雪橇上，搬到了我租的山中小屋，我將要在這裡度過整個冬天。我跟著雪橇在雪地留下的痕跡走，途中幾次差點滑倒。山谷中背陽處的積雪已經凍得堅硬結實……

我租的那處小屋，座落在村子往北方一點的小山谷中。那一帶，很久以前就有不少外國人來住，蓋了許多別墅，而我租的小屋應該就在那些別墅的最角落。據說來這裡避暑的外國人將這座山谷稱為「幸福谷」。到底，這個人跡罕至的寂寥山谷哪一點可以稱得上幸福呢？我一路看著那些被埋覆在大雪中、像是被人拋棄的別墅，一面這麼想。我氣喘吁吁地跟在兩個人的後面，這時候，我腦海中一個與幸福谷完全相反的名字差點脫口而出。我猶豫了一下，然後改變心意，把我想到的那個名字說了出來：死亡陰影的幽谷。對的，這個名字更符合這個山谷的真實情形。至少，對於將要在這個寒冬的山谷中獨自生活的我來說是這樣的……一路這樣想著，我終於來到那個最靠山邊的小屋。小屋的屋頂用樹皮覆蓋，有一個蓋得像是敷衍了事的露臺，屋子周圍的雪地上錯落著許多來歷不明的腳印。幫忙的女孩先打開小屋的房門，走進去打開雨窗。這時候，她的弟弟告訴了我那些奇怪腳印的真相：這個是兔子的，這個是松鼠的，還有那個是雉雞的……

接著，我站在幾乎被積雪掩沒的露臺上，環視周圍。從這裡往下看我們上山來時走過的那個山谷背陽處，我才發現那一帶正好是美麗小山谷的一部分。啊，弟弟乘著雪橇獨自先回去的身影，在光禿禿的枯樹之間時隱時現。我目送著他那可愛的身影最終消失在下方的枯木林中，欣賞山谷中的景色。

這時，女孩似乎已經把房間都收拾好了，我這才走進小屋。屋內連牆壁上都貼著杉樹皮，天花板也很簡陋，幾乎什麼都沒有，但是並不會給人不舒適的感覺。我上二樓看了一下，床、椅子和其他各種擺設都準備了兩人份。就像正好是為了我和妳準備的──原來，以前的我是多麼期望，能在這樣的山中小屋裡度過只有我們兩個人的生活……

傍晚，女孩把飯做好之後，我就讓她回去了。然後自己一個人把一張大桌子拉到暖爐邊，吃飯和寫作全都在那張桌子上進行。這時我突然發現掛在頭頂上的月曆還停留在九月份，便站起身來撕掉過去的月份，並且在今天的日子上做了個記號。接下來，我終於再度翻開記事本，距離上次已經時隔一年。

十二月二日

今天，北邊的某處山中好像颳起了暴風雪。昨天還清晰可見的淺間山，今天已經完全被雪雲覆蓋，山裡面似乎颳著狂風，下著暴雪，就連位於山麓的這座村子有時都能感受得到。明亮的陽光下，只見白雪不停地從山上飛落。有時，忽然一大片雪雲飄過山谷上方，山谷南方連綿的群山上還能看到清晰的藍天，但整個山谷一下子昏暗起來，猛地颳起一陣暴風雪，還沒等人回過神來，又突然陽光普照。

我不斷從暖爐邊走到窗邊，看著山谷中不斷變換的光景，看一陣子再回到暖爐邊。或許因為這樣，我一整天都沒有辦法平靜下來。

中午，背著小包袱的女孩只穿著足袋[2]冒雪來到我的小屋。這手上和臉上的皮膚都有些凍傷的女孩，看起來很老實而且不怎麼說話，這一點很合我的心意。像昨天一樣，她為我準備好晚飯便馬上回去了。然後，就像一天已經結束了似的，我依偎著暖爐茫然地看著木柴在自然風的助長下劈劈啪啪地熊熊燃燒……

就這樣到了晚上。我獨自吃完冰冷的飯，心情也多少平靜下來。大雪沒有造成什麼災害就停了，但是風又開始颳了起來。火苗發出的聲音逐漸變小甚至斷斷續續，這時候，我偶爾會清楚地聽到山谷外面的風吹過枯木林，發出呼嘯的聲音。

2 日式棉布襪。

山間生活過了大概一個星期左右，我始終無法適應爐火炙烤，那天我有些頭暈，便決定走出屋外透透氣。我在漆黑的戶外走了一會兒，臉終於冷了下來，準備回到小屋。這時，藉著小屋裡透出來的燈光，我才發現細雪依然不停地下著。我走進小屋，再次回到暖爐邊，烘乾被細雪弄濕的身體。我這樣待在暖爐邊，不知不覺間又發起呆來，忘了自己正在烤火，陷入往事的回憶中。去年的這個時候，在我們待過的大山療養院裡，正好也像今夜一樣，一個飄著雪的深夜。我一次又一次地走到門口，焦急地等待著妳父親的到來，是我發電報叫他趕來的。將近午夜的時候，父親終於到了。但是，妳只是看了父親一眼，嘴角努力地擠出一絲讓人難以覺察的微笑。父親同樣什麼話都沒有說，只是默默地端詳著妳憔悴不堪的臉，然後偶爾轉過頭來，一臉擔心地看著我。我卻裝作沒有注意到的樣子，漫不經心地朝妳那邊看著。一會兒，我突然感覺到妳想要對我說什麼，於是走到妳旁邊。妳用一種幾乎讓人聽不到的細微聲音對我說：「你的頭髮上沾著雪……」如今，我獨自一人蹲在暖爐旁，在腦海中突然浮現的回憶誘導下，無意識地把手伸向了自己的頭髮，這才發現頭髮上的雪還沒有完全融化，冰涼冰涼的。在此之前，我一直都沒有察覺……

十二月五日

這幾天的天氣特別好。早上的陽光灑滿整個露臺，沒有風，很溫暖。今天早晨，我甚至終於把小桌子和椅子搬到露臺，面對白雪覆蓋的山谷，吃起了早飯。我一邊吃一邊感嘆這樣的氣氛只有我一人獨享，很可惜，突然抬頭看到前面乾枯的灌木叢樹根處，不知什麼時候飛來的雉雞，而且是兩隻，正在跳來跳去尋覓食物……

「喂，妳瞧，有雉雞哦！」

我想像著妳就在小屋裡，一邊小聲地自言自語，一邊屏住呼吸盯著那兩隻雉雞。我甚至擔心妳會走動起來，不小心發出聲響……

就在這時，不知哪裡的屋頂積雪整片掉落下來，發出一聲巨響。我不由得嚇了一跳，呆呆地看著那兩隻雉雞飛走，就像是從我自己的腳邊飛走了似的。這時，我想起每當這種時候妳總是會站在我的旁邊，瞪大了眼睛看著我，一言不發。這一切清晰地浮現在我的眼前，那麼真實。

下午，我第一次離開小屋，到了山村下面，繞著被大雪覆蓋的小山村一圈。我之前只在夏秋時節來過這個村子，因此那些被大雪覆蓋的森林、道路和沉寂的小屋，雖然似曾相識，但我卻怎麼也想不起來它們以前的模樣。我以前總愛散步的那條水車小路旁，不知什麼時候蓋了一座小小的天主教堂。而且，在這座原木建造的漂亮教堂，覆蓋著白雪的尖突屋頂下面，甚至能夠看見已經開始發黑的木牆。這愈發讓我對這一帶感到陌生起來。然後，我走進了我們曾經一起漫步的森林。走了一段路，我看見一棵似曾相識的樅樹。當我走近那棵樹的時候，樹上傳來一聲尖銳的鳥鳴。我在前方停下腳步，一隻我從來沒有見過的淺藍羽色的鳥就像是受到驚嚇似的，馬上拍打著翅膀飛到了其他樹上，嘎嘎地叫了起來，像是對我示威叫陣，我只得不情願地離開了那棵樅樹……

十二月七日

我覺得自己聽到了杜鵑在集會堂旁的那片蕭瑟樹林裡連續叫了兩聲，乍聽那叫聲好像離得很遠，聽著又覺得似乎很近。我抬起頭來四處探尋，看著枯萎的草叢、光禿禿的樹幹，卻沒有再聽見杜鵑的啼叫。

就在我覺得是自己聽錯了的當下，眼前那一帶的枯草、枯樹和天空登時在我心中變回那個令人懷念的夏天時的樣子，一點點鮮活起來……

幾乎與此同時，我也明白了一件事實：三年前的那個夏天我在這個村子裡所擁有的一切，如今已經什麼都沒有了。

十二月十日

不知道為什麼，這幾天我總無法清楚地回憶起妳的樣子。我幾乎無法忍受偶爾出現這種情況時心中的孤獨。有幾個早晨，放進暖爐裡的木柴怎麼也點不著，我便開始焦躁起來，只想胡亂地攪弄。唯有這種時候，我才會突然意識到妳在旁邊一臉擔心地看著我。後來，我才終於平靜下來，重新把木柴擺好。

又到了下午，我走下山谷想到村子裡走走。由於最近開始融雪，道路變得非常泥濘，鞋底很快就沾滿了泥變得沉重，走起來非常困難，好幾次我都不得不中途折返。所以，我好不容易走到仍結冰的山谷後，不由得鬆了口氣。但是走回自己的小屋時，路程變成了上坡，我不得不氣喘吁吁地往上爬。為了鼓勵自己往前邁步，我唸起了還朦朧記得的詩篇中的這一句：「即使行走在死亡陰影的幽谷，我也不會害怕災難，因為祢與我同在。」[3]但是這樣的句子也只是讓我感到空洞無力。

3 出自《聖經》詩 23:4。合和本譯為：我雖然行過死蔭的幽谷，也不怕遭害，因為祢與我同在；祢的杖，祢的竿，都安慰我。

十二月十二日

傍晚，當我經過水車小道旁邊的那個小教堂前面時，看到一個像是僕人的人，正在專心地往雪泥地上撒著炭灰。我走到他旁邊，漫不經心地問了一句：「這個教堂冬天會開放嗎？」

「聽說今年再過兩三天就會關門。」那個僕人稍微停下撒炭灰的手，回答我：「去年整個冬天一直開著，但是今年神父要去松本[4]……」

「這麼冷的冬天裡，村子裡還有信徒嗎？」我失禮地問道。

「幾乎沒有……基本上都是神父一個人在做彌撒。」

正當我們這樣站著閒聊的時候，那位據說是德國人的神父從外面回來了。這下子輪到我被這位還不太能聽懂日語卻又非常願意跟人交流的神父抓住問東問西了。最後，他好像誤會了我說的話，拚命地勸我一定要來參加明天、也就是星期日的彌撒。

十二月十三日　星期日

早上九點左右，我去了那間教堂，並沒有什麼特別的目的。在點著一根小小蠟燭的祭台前，神父已經和一位助祭開始了彌撒。我並不是什麼信徒，因此也不知道該怎樣做才好，只好盡量不讓自己發出聲音，在最後面的一個藤椅上坐了下來。我原本以為教堂中一個信徒也沒有，當我終於適應了教堂內昏暗光線時，便發現在信徒席最前面一排的柱子旁邊，跪著一個一身黑衣的中年女人。我留意到那個中年女人從剛才開始便一直跪著，突然這教堂有

4　日本長野縣的一個城市，著名旅遊城市。

股寒意襲來……

那之後，彌撒又持續了將近一個小時。即將結束的時候，我看到那個女人突然取出一塊手帕捂在臉上，我並不知道發生什麼事。過了一會兒，彌撒好像結束了，神父也不回頭看信徒席，直接走進了旁邊的一個小房間。那個女人仍舊一動不動地待在那裡。在這期間，我悄悄地離開了那個教堂。

今天天色有點陰暗。我來到了雪已經融化的村子裡，百無聊賴，漫無目的地到處徘徊。我還去了妳經常和我一起去畫畫的那個草原。那棵白樺樹依然醒目地立在草原中央，樹根處還殘留著一些沒有融化的積雪。這一切都令我懷念起那些日子。我撫摸著那棵白樺，一直站著，指尖都快凍僵了。但是，我幾乎沒能回憶起妳當時的模樣。最後，我離開了那個地方，懷著一種無以名狀的寂寞心情，從枯木之間穿過，一口氣爬上山谷，回到小屋。

我一邊氣喘吁吁，一邊不由自主地坐在露臺的木地板上。這時我突然感覺到妳朝著心煩氣躁的我走來。但是，我繼續一副若無其事的樣子，茫然地托著腮。我覺得我托腮的習慣能讓妳在我腦海中的形象前所未有地真實起來，甚至覺得妳會伸過手來撫摸一下我的肩膀……

「飯菜已經準備好了──」

從剛才開始就一直在等我回來的女孩叫我進去吃飯。我回過神來，好像嫌她沒有讓我再靜靜地多待一會兒似的，一臉不高興地走進小屋，也不跟女孩寒暄，便一個人像往常一樣吃起飯來。

接近傍晚，我依然感到很焦躁，便叫那個女孩先回去。過了一會兒，我開始後悔起來，再次漫不經心地走到了外面的露臺。然後，又像剛才那樣（這次沒有妳……），茫然地望著下面還殘留著很多積雪的山谷，發現有一個人正一邊東張西望，一邊穿過那些枯木林，慢慢地朝這邊爬了上來。這人是從哪裡來的？我納悶地看著那個身影，突然發現他是天主教堂裡的神父，他正在尋找我住的小屋。

十二月十四日

按照昨天傍晚我和神父的約定，今天我去了教堂。因為神父明天就要關閉教堂前往松本，所以他在和我說話的時候，時不時地會要幫他整理行李的僕人按他的吩咐做這做那。他不停地跟我說：本來能在這個村子裡再多收一個信徒的，但是自己卻要離開了，真是太遺憾了。我想起昨天在教堂裡看到的那位好像也是德國人的中年女人。我原本想問一下有關她的事，又覺得神父可能會誤解我的意思，以為我是在說我自己，於是不再追問。

我們之間不協調的對話，隨著時間過去更難有交集，不知何時，我們都不再說話了。兩個人默默地坐在熱得讓人難受的暖爐邊，隔著窗玻璃看著外面明亮的藍天。風似乎很大，幾片小朵的雲被風吹散，變得細如游絲，飛快地掠過冬日的天際。

「這麼漂亮的天空，只有在這樣有風的冷天才能看到啊！」神父漫不經心地開口說道。

「對啊，只有在這樣有風的冷天……」我鸚鵡學舌似地重複著。不知道為什麼，剛才神父漫不經心地說的那句話觸動了我的心。

我就這樣在神父那裡待了將近一個小時，才回到自己的小屋，發現有我的包裹，是我之前訂購里爾克的兩三本《安魂曲》，包裹上貼了很多便箋，可見是經過幾次轉送，輾轉才寄到我這裡。

夜裡，我做好隨時可以睡覺的準備，坐在暖爐邊，聽著風聲，開始讀起了里爾克的《安魂曲》。

十二月十七日

又下雪了。一早雪就一直不停地下，我看著眼前的山谷又裹上了一層銀裝。冬意愈發深了。我今天一整天都是在暖爐邊度過的，偶爾走到窗邊茫然地看一眼白雪皚皚的山谷，然後再回到暖爐邊，繼續讀里爾克的《安魂曲》。至今我依然不願讓妳安靜地死去，依然不斷地呼喚著妳。我對自己像女人般柔弱的心，強烈地感到一種近似自責的悔意。

我陪在死者身邊，任由他們離去
我驚訝地發現，他們不像傳說中的那般。
他們非常安詳
而且很快習慣於死亡，那麼快樂。

只有你，只有你轉身
回來。你掠過我，在我周遭徘徊，撞上
什麼東西。它為你發出的聲響
洩漏了你的存在。啊，不要帶走
我花了很長時間學來的一切。對的是我，你錯了，
或許你因為某人的事而勾起了
自己的鄉愁。即便那些事就在我們眼前，
它也不真正的存在。我們感知它的同時
那些東西只是透過我們的外表反映出來。[5]

5 德語詩人里爾克獻給朋友克拉拉．韋斯特霍夫的《安魂曲》詩作，此處轉譯自日文。

十二月十八日

雪終於停了，我終於等到了機會，走進從未踏入的後方樹林，便一直往裡走啊走啊。有時，樹上的積雪嘩啦一聲自然崩落，濺起飛雪飄落到我頭上，我覺得這樣很有意思，走過了一個又一個樹林。還沒有人在這個樹林中走過，只有一些兔子的腳印排列在各處的雪地上，也有一些像是雉雞踏行的腳印，從道路上穿過……

但是不管怎麼往前走，都沒有盡頭似的，樹林的前方總是還有樹林。而且，樹林上空的雪雲似乎越積越多，我於是決定不再往裡走了，從中途折返。但是，我好像走錯了路，不知從什麼時候開始我找不到自己來時的腳印了。我心慌起來，但是卻也顧不了那麼多，只是踏著積雪朝著我感覺對的方向大步往前走。突然之間，我彷彿聽到背後有另一個人的腳步聲，不是我自己的。聲音很輕，幾乎聽不到……

我一次也沒有回頭，邁著大步沿著樹林往下走。我心中有些痛，想起我昨天已經讀完的里爾克《安魂曲》的最後幾行，便出聲唸著……

別回來。如果你可以忍耐
就留在死者間。死者也有其使命。
請你幫助我，但也不要分心
請你就像遠方那經常對我有益的事物一樣，留在我的心裡

十二月二十四日

晚上，我被邀請到女孩的家中，過了一個寂寞的聖誕夜。這裡的山村雖

然在冬天的時候幾乎沒有什麼人來，到了夏天卻有很多外國人前來度假，也許因為這樣，一般的村民家中也學著外國人歡度聖誕節。

九點左右，我離開村子，在雪光中踏著積雪，沿著山谷的背陽處往回走。我走近最後一個枯木林，突然發現路邊的一片被白雪覆蓋的枯樹叢上有一些光亮。那微弱的光，不知是從那裡發出來的，孤零零地灑落一旁。我感到奇怪，為什麼會有光照到這裡，於是往四處看去，零星散佈在這座山谷別墅中，有一棟別墅亮著燈，那正是我住的小屋，位於遠處那個山谷的上方。「原來只有我一個人住在那山谷中啊！」我這樣想著，開始緩緩地往上走。「以前我都不知道小屋的燈光能照到這麼遠的樹林中，妳瞧……」我自言自語似地說道：「這邊，還有那邊，小小的光圈灑落在雪地上，幾乎覆蓋了整個山谷。這些都是我那小屋裡的燈光……」

我終於爬回到小屋，站在露臺上，想要再看一看我這山中小屋的燈光究竟能把山谷照得多亮。但是，當我站在露臺上往外看時，才發現屋裡的燈光僅僅從門窗裡透出來一點點，落在小屋周圍。而且，那僅有的一點亮光越到遠處越微弱，最後和雪光混雜在一起，分辨不清了……

「哎呀，剛才明明看到那麼多光亮，從這裡一看，竟然只有這麼一點啊！」我一下子變得很失望，自言自語地說著，同時茫然地看著那些光，這時一個想法忽然浮現在我腦海，「這個燈光的情形簡直和我的人生一模一樣啊！我一直以為自己人生周圍只有那麼一點點光，但是和我的這個小屋的燈光一樣，其實它要比我想像的明亮得多。或許這些光亮在無意識中照亮了我的人生……」

這個突如其來的想法，讓我在發著雪光的寒冷露臺上佇立了很久很久。

十二月三十日

這是一個非常安靜的晚上。今夜，我也任由自己的思緒飛馳。

「我似乎沒有比普通人幸福，也不是不幸。那種人們所謂的幸福，曾經讓我們那麼焦慮不安，而現在卻又能隨時忘掉。相反地，或許我現在的狀態更接近一種幸福。或者，也可以說，最近我的心境是類似幸福卻又比幸福多了少許悲傷而已。但是我並非不快樂。我能夠像現在這樣若無其事地活著，或許是因為我盡量不與人交流，過著與世隔絕的生活。像我這樣沒有什麼積極作為的人能夠做到這一點，都多虧了妳。不過，節子，我從來沒將現在自己這樣孤獨的生活怪罪於妳。我只是為了我自己做著我喜歡的一切，也許，雖然這一切是為了妳，但是我已經完全習慣了自認配不上妳對我的愛，以至於認定我所做的一切都是為了我自己。妳是那樣別無所求，一心一意地愛著我……」

我這樣想著，突然好像意識到了什麼，站起身來，走到了小屋外面。像往常一樣站在露臺，鄰近的山谷，不斷傳來呼嘯的風聲。我在露臺上靜靜地豎起耳朵，就像是刻意出來傾聽從遙遠處傳來的風聲似的，一直站著。橫亙在我面前的這個山谷中的一切，起初看起來不過是一片映著微弱雪光的混沌，根本分不清什麼是什麼，然而隨著我漫不經心地觀看，也許是因為眼睛習慣了昏暗的光線，或是因為我的記憶在不知不覺間補充了視覺，不知從什麼時候開始，很多東西都慢慢地清晰起來，逐漸有了線條和形狀，一切都變得和我如此親近。這個人們所謂的幸福谷——對，在這裡住慣了之後，就連我也和別人一樣，覺得可以將這個山谷稱為幸福谷了，山谷的對面狂風依然呼嘯，只有這裡一切都很平靜。當然，我的小屋後面偶爾仍會傳來簌簌的聲音，那恐怕是從很遠的地方颳來的風，當它終於吹到這裡之後，又吹動了樹枝發出碰撞聲。腳邊的兩三片落葉，偶爾被一陣清風吹起，發出細微的沙沙聲，接著那風的力量又轉移到其他的落葉上……

——完

旅之繪

本書特別收錄這篇堀辰雄發表於一九三三年的名作，描寫主角到神戶的見聞，呈現日本受歐風影響的昭和初期風貌，也能看出堀辰雄的獨特風格。

我做了一個混亂而痛苦的夢，好不容易醒來，我睜開眼睛，環視著我身處的這個房間。沒見過的附穿衣鏡衣櫃、掉漆的梳妝檯、發著聲響充滿濕氣的蒸汽暖爐、小床頭櫃上放著我平常不抽的茶花菸（我想不起來自己是在哪個車站買的）、還有床頭上那薄薄一本，並不屬於我的《海涅詩集》——所有的這些，昨天晚上都在我的周圍，彷彿當我不存在似的，依照它們的習慣存在著。剛才我的確做了那個混亂的夢，現在怎麼也想不起來，這提醒了我之前我一直在熟睡，同時卻又感覺自己好像是借了別人的睡眠……

我下了床打開窗。窗外正好是堵高高的石牆，石牆的外面只能看到陰沉的天空和一旁庭院裡葉子已全落光的枯樹枝梢。船隻的汽笛聲不停地從窗子傳進來，汽笛發出一陣陣讓人聽不習慣的異樣呼喊聲，瞬間讓我與東京之間的無形距離具體起來，彷彿浮現在我眼前。就在這樣的喧囂中我突然萌生一種莫名的旅愁，我關上了窗。

這時候，後面的房間傳來打字機的敲擊聲。那個聲音逐漸變得急促，不久便停了下來。我想起昨天一到旅館就看到一台生鏽的打字機被人丟棄在走廊角落。接著我意識到自己根本不知道現在是幾點，不知道現在這個時間還可不可以用早餐？我一邊想著，一邊打開了窗子正對著的門，想叫旅館的服務生。餐廳好像就在我房間的隔壁。從那裡傳來斷斷續續的說話聲，夾雜著刀叉碰撞盤子的聲音……不過，我並不知道他們是在吃早飯，或是已經在用午飯了。總之我覺得這個時間有點不上不下，我開著房門，等著服務生從我門口經過。

終於，服務生從餐廳裡走了出來，看樣子好像是個中國人。我不知道他懂不懂日語，便用英語夾雜著日語問道：

「Breakfast，還可以吃嗎？」

「請——」服務生說著，拿著空盤子的手指了指餐廳的入口，然後面無表情地朝廚房走去。

我總覺得一個人進餐廳會很不自在，便繼續等著服務生端盤子再度經過我房間。房間裡有面鏡子正好能夠照到走廊裡的情形，我對著那面鏡子打著領帶，裝作自己是因為要整理領帶才這樣磨磨蹭蹭的……

終於，服務生又出現了。我跟在他身後進了餐廳，這才發現所謂的餐廳其實只是徒有虛名。這地方由打通的兩個房間組成，裡面只放了五六張鋪著俗氣花布的餐桌。旅館的老闆夫婦坐在中間的大桌子上喝著咖啡。正對著這一桌的牆角有張小桌子，位子上坐著一個身穿藍色洋裝的十八九歲金髮女孩。面朝院子的稍低處有個類似露臺的地方，那裡也放著兩張桌子。其中一桌坐著兩位穿著黑色系和服的女人。一位大概是二十七、八歲，深褐色的頭髮，畫著漂亮的妝，另外一位好像是她的母親，戴著老花眼鏡。母女倆面對面坐著，正在用餐。我被安排在空著的另一張桌子。我看了一眼餐廳的鐘，已經將近十一點了。到了這個時間，餐廳裡卻都是女人，我覺得有點詭異。正在喝咖啡的老闆看我走了進去，朝我轉過頭來，微笑著用英語問道：「昨天睡得好嗎？」如果只是問問也還好，最讓人受不了的是其他女人同時把目光轉向我。我陷入一陣慌亂，臉上反射性地微笑，向老闆點了點頭。過了一會兒，人們又重新開啟因為我這個stranger、陌生人的闖入而中斷的對話，我不斷聽到一個詞：亞邦斯基[6]夾雜其中。難道他們是在說我嗎？就這樣隨便亂想讓我感到有一點不自在，我裝作迷迷糊糊要睡著的樣子看看院子。那地方雖說是個院子，但是其實很小，連一棵樹也沒有，只有一個空箱子上面放著一盆菊花。盆中的菊花也生長得雜亂不堪，花葉已經枯萎……

一個小行李箱都沒帶的奇怪旅行者和他所懷抱的一種獨特旅愁——我在自己連東南西北都分不清楚的神戶車站下車，伸手叫了一輛我在東京沒見過的純白色計程車，很快地便跟司機講好價格，一派熟悉當地的樣子，接著便讓計程車司機帶我去元町路。只有司機在路上咒罵行人時那陌生的口音，讓我感到有點不自在……

來到元町路。各種店鋪就像我未曾見過的花朵一樣開放著。我經過長程旅途後，已經非常累了，而且身體還稍微發燒，表面上我故作精神飽滿的樣子，拿著拐杖咚咚地敲著地面，漫無目的地跟在別人的後面走著。我不想讓別人看出自己是連今晚住哪裡都沒有著落的旅行者。我看似輕鬆地走進了一家咖啡館，理由只是那家咖啡館與我在東京常去的那一家店名很像。我在那裡給T君打了電話。T君說他馬上趕過來這家店。然後，我一杯柳橙汁還沒喝完，T君就朝氣十足地出現了。他戴著一頂貝雷帽，穿著一件像是象皮製

6 俄語音譯，日本人。

的外套。

然後，我們沿著昏暗的山手路，走過一個個狹窄的坡道，進了一家又一家旅館。沒有一家旅館是我滿意的。我們再次走到山手中路上，街上的電車道很寬敞，卻反而顯得光線昏暗，道上幾乎沒有一個人影。T君突然站住了，他用手指著電車道對面一棟紅褐色的建築。我模模糊糊地看到那家旅館髒兮兮的白色招牌上，以跟小樓同樣的紅褐色寫著一串橫排英文字母：HOTEL ESSOYAN。從遠處看到這個旅館的第一眼，我便喜歡上了。仔細看時，我發現面向電車道的二樓房間中有一扇窗戶是打開的，從窗裡射出來的細長光線清晰地落在昏暗的柏油路上。那扇窗裡，有一個女人——因為逆光，我看不清她是年老或年輕，只是看到她的頭髮在燈光下閃閃發著金光，並看著我們穿越過電車車軌朝旅館的方向走。我稍感害怕，而當我們走到那扇窗下時，對方也好像害怕我們似的，關上窗戶。

我們走上小小的石階，按響門鈴。但是，過了很久都不見有人出來。這時T君再次按了門鈴，晃動著門把。我走下石階，抬頭看了一眼剛才那塊招牌，想確認一下這裡到底是不是旅館。我用不流利的發音唸著那幾個紅褐色的英文字母——艾索伊旺旅館，在那幾個大大的英文字母下面，我發現了幾個較小的英文字母：TEL。只是，那個本應填上電話號碼的地方卻是空的。不知道是不是因為心理作祟，我覺得那個空白處比別處顯得更白，也許之前是有電話號碼的，最近才被人塗上白漆抹掉了。

終於，外面的大門發出沉重的咯吱聲，打開了。一個微禿的西洋人，看起來像是這家旅館的老闆，個子比我們還要矮，他握著門把站在門裡面。T君用英語問他還有沒有房間，然後那個看似老闆的人以笨拙的英語回答了他。（透過那奇怪的重口音，我發現他是俄國人）。我把住房的交涉之事都交給T君，自己看著胡亂丟棄在玄關口布滿了灰塵的書架和生了鏽的打字機。他好像正在對T君說：只有一樓空著一間房，那間房的客人恰好去東京過聖誕節了，所以只有他不在的這段假期時間可以讓我住。我這才抬起頭來，對著T君說自己反正只是住兩三日，請他跟老闆說帶我去看看房間。T君把我的話翻譯給老闆。剛才還一直看著T君的老闆，這時突然用一種怯生生的眼神看著我。「那我先帶你去看看房間吧！」他這樣說完，便走在前面，一路經過廁所、廚房和浴室這些地方，把我們帶到了非常裡面的一間房。在這個奇怪的位置有著兩間房，他帶我們走進了其中一間。

我們一走進那間靠裡的小房間，T君突然說這個房間和他以前在法國某個鄉下住過的老旅店一模一樣。我有些懷疑他的說法，不過一看到房間裡破舊的床、裝著一面大鏡子的衣櫃、漆色剝落的梳妝檯和小床頭櫃，我也覺得這裡確實有點像那種外國偏僻鄉下的老旅店了。而且，我開始感覺這個顯得有點悲傷的房間非常吻合我現在的心境。

老闆說小房間含早餐每晚三塊錢[7]，我馬上給了他一張十元紙鈔。直到剛才，他看著連一個小行李箱都沒帶的我們，眼神中帶著不安。等我把錢給了他之後，這個有點禿頭的老闆突然變得和藹起來，甚至神情有點慌亂。他轉向我問道：「你也是來這裡過聖誕節的吧？」我在老闆所抱著的一大本住宿登記簿上，看著上面歪歪扭扭的羅馬字所拼出的名字，這些好像都是俄國人或波蘭人的名字，這時，從來不覺得過聖誕節有什麼意思的我，竟也突然覺得自己確實是為了歡度明天開始的聖誕假期，才特地從東京來到這偏遠的神戶啊！

T君跟我約好他明天中午會再來這裡，便離開了。我從今天一早便一直搭乘火車，實在累了，而且身體仍好像還在發燒，我馬上脫掉衣服，只穿著

7 當時的一塊錢約相當於現在的兩三千日元。

一件襯衣，便在床上躺了下來。由於房間實在太小，蒸汽暖爐甚至讓房間變得有些悶熱。我因為不習慣這裡的環境，躺下去之後始終睡不著。想讀一下書，卻偏偏連一本書都沒有帶。這時我想起剛才在這房間收拾整理的女子，她好像是女主人，從房裡的梳妝檯抽屜裡取出了很多書籍和文件，就在她將書抱在懷裡準備搬到其它房間的時候，我告訴她放著就好，她便又把東西放回。於是我下了床走過去，正要伸手拉那個抽屜，突然覺得不好意思，但是轉念一想：既然放在這種地方，想必不是什麼重要的東西，便決定不管那麼多，逕自打開抽屜。抽屜裡放的都是我看不懂的俄文書，裡面夾雜著一本薄薄的德文書，還有一本小小的德俄詞典。我拿起那本小書，發現是本在莫斯科出版發行的海涅小詩集。還真是讓我發現了好東西呢，我心想。我拿起那本詩集，回到被窩裡。就在我啪啦啪啦地翻著那本小書的時候，發現書中夾了一張名片大小的照片，照片上是個長了雀斑的年輕男子。這個像是俄國人的男子就是這個房間的住客，而且讀著這本《海涅詩集》，這個念頭不知怎地教我感到有些懷念。我小心翼翼地把那張照片放回原來的位置，然後仔細盯著書上每一個字，讀起了卷首的那首〈在五月〉（Im Mai）

Die Freunde, die ich geküsst und geliebt,
Die haben das Schlimmste an mir verübt.
Mein Herz bricht ……

不過，我只有在高中時代學過一點德文，雖然能認出詩中的太陽、玫瑰、心或五月的天空之類的簡單名詞，但是最重要的形容詞和動詞卻忘得一乾二淨。我發揮著想像力繼續往下讀，光靠我能看懂的支字片語，我感覺這首詩的意思與我現在的心情相差甚遠，因此我完全無法理解這首詩。過了一會兒，我把書闔上放在床頭。這時我也睏了，便迷迷糊糊睡去……

大概中午時分，T君來約我。然後，我們兩個人走出旅館，在舊書店和古董店閒逛了大概有一個小時，之後我們便去了海邊的韋爾內俱樂部。那是一家精緻的法國餐廳，店裡的客人基本上都是法國人。我們被安排在餐廳角落的一桌吃著帶殼生蠔，這時一個漂亮的小個子女人出現在門口，看樣子好像是法國人，身上豎著的領子看起來就像是兔子耳朵。她叫住服務生，一邊將兩手小心捧著的包袱給他看，一邊似乎正用不流暢的日語說著什麼。我聽起來她像是在說：「我把帽拿來了。」服務生好像沒有聽懂，一臉茫然地往裡面走去，接著，一個像是餐館老闆的男人走了出來，滿臉堆著笑用法語跟每個人打著招呼，從客人間穿梭走過，然後朝著那個女人走去。此時，女人打開包袱，將裡面的東西遞給韋爾內先生。我往那邊瞧了一眼，發現是一隻可愛的三毛貓。我把「貓」聽成了「帽」。韋爾內先生微笑著把那隻三毛貓接手抱過去，不停地說著：Très bien! Très bien! 然後，那個女人也學舌似地跟著重複了兩次 Très bien，發音不太清楚。她的聲音雖然很低，但是聽得出來很滿意。

我們又吃點通心粉，之後便離開了餐廳，接著又走去附近的一處碼頭。不巧的是，這天天陰，氣溫很低，大海甚至呈現出一種黝黑的顏色。我原本希望能在這裡看到歐洲航路的郵船從這裡出港，但是我來到這裡才知道，原來在這樣的年終之時是沒有郵船出港的。我失望極了，只見幾艘小小的蒸汽船，在海面上濺起散發著石油味的浪花，忽左忽右地前行。偶爾與我們擦身而過的法國水兵，頭上戴著有紅色絨球[8]的帽子，那就像是喜悅的心正在

8 法文為：pompon rouge。

歡快地跳動，與我抑鬱的心情形成鮮明的對照。我在海邊一家雜貨店的櫥窗中，看到五、六本英文書跟菸袋等雜貨陳列在一起。突然間，我從其中發現了海豚叢書裡的《普魯斯特[9]》，我想起昨天那本艱澀難懂的《海涅詩集》，於是走進店裡買下那本書。T君告訴我，這家店裡經常會有一些有意思的隨筆類書籍。然後，我們又漫無目的地在商店之間閒逛，聽著窗裡傳出來的電話鈴聲或者打字機啪嗒啪嗒的聲響。一會兒，我們走到魚販或蔬菜店林立的南京町。那裡的路非常窄，人又多，摩肩擦踵。好不容易走過了南京町，我們到了幾乎沒有什麼行人、靜謐的東亞路，爬上一個緩坡，一路朝著東亞飯店走去。這條靜悄悄的道路上，有些古董店和女士洋服店之類的店鋪。有一些叫做希爾・法爾摩西、雅爾肯特之類的店鋪每年會有一段時間到輕井澤去開分號，這讓我十分懷念，教我不忍心經過這些店門而不入。我看到一家領帶店的櫥窗中展示著一條漂亮的領帶，我走了過去，正要往裡面瞧，這時突然不知道從什麼地方傳來一陣狗叫聲。我四顧張望，卻沒有看到狗。當我終於搞清楚而抬起頭時，便看到這家領帶店的二樓，和這一帶大部分的洋房一樣有著露臺。露臺的綠色亞字欄杆上拴著一條彪悍的德國牧羊犬，像是這家店的招牌似的。就是這個傢伙正衝著我們叫，就算是這家領帶店的招牌狗，也實在是有點太吵了。聖公教堂門前，乞丐們像葡萄串似的聚集在一起。我們好奇地看著那些乞丐，從他們身邊走過，然後爬上一個稍陡的斜坡，來到一家氣派的花店前面，好幾輛漂亮汽車正停在那家花店門口。這時，教堂、乞丐和鮮花像蔓草一樣在我的腦海中纏繞在一起，終於我想起來今晚就是聖誕夜。於是，我轉身對T君說道：

「要不要去一下外國人墓地[10]？」

---

9 法國小說家馬塞爾・普魯斯特，代表作《追憶似水年華》等，是影響堀辰雄的法國作家之一。堀辰雄曾寫過《關於普魯斯特的文體》、《普魯斯特雜記》等文章。

「嗯，只要你還有力氣就行。」

「是啊……」

自己提議完後，就有點猶豫了。我們這樣聊著，不知不覺已經走到了山手的異人館[11]一帶了。每一間洋人開的異人館都古香古色，極有情調。大部分房子的外牆都塗成了草綠色，且又都不約而同地褪了色。家家戶戶都是一樣的鐵門，有的半開著，有的關著。多數的院子裡都種著結滿大顆黃果實的柑橘類果樹或開著紅花山茶花的植物。這些植物和陰暗的天空以及綠色的大鐵門相得益彰，美得難以形容。T君好像很久沒有到這裡來了，從剛才開始便一直說懷念過去，不停地跟我說他以前經常來這裡玩的事情。我也在這個尤特里羅[12]喜歡的風景中發現了一種新鮮的喜悅。我開始幻想自己在這裡安靜地生活上半年，心中羨慕著在這地方度過童年的T君。當我們在逐漸狹窄的坡道上上下下時，T君開始歪著頭疑惑起來。我們本來是要去外國人墓地的，但是T君顧著講述他自己的那些混亂的童年記憶，不知不覺便走錯了方向。最後，他終於一臉抱歉地向我坦承——我們意外來到一個跟外國人墓地完全沒有關係的小山崗頂。回過頭看我們來時所走的路，非常陡峭。路邊有一棟古老而且風格獨特的大異人館，房屋其中一面有一個六角形像望樓般的構造，突兀地與下面的建築緊貼在一起。往前看，路的盡頭是棟洋房，裡面有個漂亮的小院子，院子裡種著一些棕櫚或橄欖之類的珍奇植物，呈現出左右對稱的構圖。我們有些失望，一邊喘著氣一邊望著那戶奇特的房子。這時，院子裡一條德國牧羊犬看到了我們，隔著塗上黃色漆的鐵柵欄朝我們狂吠。我不太喜歡狗，這一帶風景雖然不錯，但是德國牧羊犬實在太多，根本

---

10 神戶的著名景點之一，葬著許多對日本生活和文化產生影響的世界各國名人。

11 神戶的著名景點之一。江戶時代末期和明治維新之後，西洋人在神戶的山手一帶修建的西洋式民房。

12 法國印象派畫家。

沒辦法安靜地散步。

傍晚，我們來到一間位於平民區、店名叫做尤海姆、古香古色的德國蛋糕店，我們就坐在靠裡的一個大火爐旁，一邊取暖一邊休息。店裡除了我們之外，還有一對像是德國人的男女並排坐在角落的長凳上，依偎在一起，偶爾深情地對望一下，默默地吃著蛋糕。店裡面如此安靜，靠近門口卻非常熱鬧。客人一個接一個地走進來，買了蛋糕後匆匆離開。大部分都是些外國客人，讓人看得眼花。大多數的客人都出手大方，一次買個五元或十元[13]的。我看著這樣的光景，目瞪口呆。這又才再度記起來，今晚其實是聖誕夜……

我真想一直這樣待在火爐邊取暖。不過，我是一個旅行者。若停下來只是這樣待著什麼也不做，以後肯定會後悔的。

過了一會兒，那對年輕的德國男女，各自抱著一個大大的袋子，離開了這家店。我看到男人推開那扇燙有JUCHHEIM幾個金字的玻璃門，往下走了五六個臺階之後，撐開洋傘。一瞬間，我突然覺得：外面該不是正在下雪吧？我茫然地待在火爐邊取暖，一邊不由得這樣想。實際上，外面正悄無聲息下著如霧一樣的細雨。

夜裡將近十二點的時候，我已經渾身被雨水打濕，無力地咳嗽著，我回到上午便離開的旅館艾索伊旺。整個旅館都靜悄悄的，不知道是因為大家都還沒有回來，還是都已經入睡了。昏暗的走廊裡，一隻黑貓單獨徘徊。我突然想起在韋爾內俱樂部看見的那個漂亮女人，她懷抱中那隻小貓（不知道為什麼，感覺那像是發生在幾天前的事情了）。我輕輕地抱起那隻髒兮兮的貓，撫摸牠的脖子，這傢伙立刻從喉嚨中發出咕嚕咕嚕的響聲，我反而有種

13 相當於現在的兩三萬日元。

孤獨。我把牠放回地上，牠便把身子靠在我腳上，追著我不放。我有點嫌牠礙事，用腳把牠推到一邊，然後把手放在門把上，我正要打開房門進房間時，突然抬頭往走廊的盡頭看了一眼，才發現那裡有個模糊的身影，單腳搭在通往二樓的樓梯上，正朝我轉過頭來，直挺挺地站在那裡。我可以肯定那是一個女人，但是她的臉卻在電燈斜光的照射下，顯得凹凸不平，有些嚇人，我始終沒能分辨那是一張少女的臉還是一張老太太的臉。我想到自己來這個旅館的第一個晚上從窗戶裡看到的那個女人，和那時候一樣，只有頭髮閃爍著金色的光。她的髮型和我今天早晨在餐廳所看到的藍衣少女的髮型一模一樣……我感到毛骨悚然，急忙走進房，哐噹一聲關上門。都怪那隻纏人的貓！我心想。我脫下衣服，那隻貓還一直在外面用爪子不斷撓着門。一直到我躺上床，貓爪撓門的聲音才停了下來，或許牠終於決定放棄了。我非常累，剛才還睏得倒頭就能睡，但是一關掉燈卻瞬間睏意盡失。我常有這種情況。沒辦法，我只好再次打開燈，胡亂翻著今天剛買回來的《普魯斯特》，開始讀了起來，突然讀到這樣一段話：

那是少年第一次和外祖母一起來到諾曼第海岸巴爾貝克的那天晚上。他們住在格蘭酒店，他走進自己的房間。經過漫長的旅途，他有點發燒，筋疲力盡。但是，躺在這些陌生的傢俱中間，他怎麼也無法入睡。生活習慣讓他無法不去聽見時鐘聲，無法減弱深紫色窗簾的敵意，也無法不去注意那些傢俱。少年心想，與其一個人待在這個可怕的房間中——不，簡直就像是野獸的洞窟，還不如死了算了。外祖母走進來，安慰他，幫他解開鞋鈕釦，脫掉衣服，然後讓他躺進被窩裡。外祖母離開時告訴他，如果夜裡有什麼需要的話，就敲一敲兩個房間之間的牆。只要他一敲牆，外祖母就會過來。從那天晚上開始的連續幾個夜晚，他都痛苦不堪，總是會胡思亂想，並且漸漸心生恐懼。他開始擔心會失去情人希爾貝特，然後自己一個人一直活下去，擔心會永遠失去父母，害怕自己突然死去……而當這種對情人、對自己、對父母的不安感逐漸消失之後，他又突然想到自己或許會慢慢地習慣這種不安，覺得這些都無所謂，這種想法讓他陷入了更大的恐懼當中。因為，這個叫做習慣的法術也許會將一個痛苦的人變成漠不關心的Stranger，旁觀者（在這種人眼中，少年痛苦的原因非常愚蠢），然後，不但他愛的對象將逐一消失，連他對那些人的愛本身也會消失……

上面這整段是我不意間翻讀到的。看到這裡，我抬起頭來，環視一圈我尚未習慣的房間，然後我閉上眼。早上從惡夢中醒來的情景這時清晰地浮現在我眼前。

第二天早晨，我起得比前一天晚很多。我叫住那個中國服務生，問他現在還能吃早餐嗎？他帶點生氣的神情，用蹩腳的日語對我說：要吃早飯請你早點起床，現在都十二點鐘了。那語氣聽起來很嚴厲，或許是因為他的日語並不流暢，所以強化了他語氣中的嚴厲。不過當我走進餐廳時，卻發現和昨天一樣的情景，三個女人正在吃早午餐，我旁邊的那一桌坐著兩個女人，好像是一對母女。兩人也和昨天一樣穿著黑色的衣服，年輕的那個仍然畫著漂亮的妝。但是，或許是因為今天早晨的光線改變了，我昨天一直以為只有十八九歲的那個女兒，其實滿臉都是皺紋，現在看起來差不多有三十多歲，顯出老態。我心想，前天窗戶裡那個女人和昨天我在走廊遇到的那個不知道是年輕還是年老的女人，可能都是她。今天早晨，她穿著一件像睡袍的衣服，外面隨意披了一件鮮豔的綠長袍。這個深褐色頭髮的女人一開口說話，總是會粗魯地扭動著身子，像是要若無其事地回答她母親的話，但是實際上她總是趁這個機會毫無顧忌地盯著我看。我覺得很討厭，便把視線從那個女人身上移開，低頭看著自己的腳邊，發現我偶爾會踩到的柔軟東西，原來是個香檳酒瓶栓。哎呀，原來昨天晚上這裡也有人開香檳酒喝啊！是這些人在這裡狂歡慶祝吧！可是，他們到底是些什麼人呢？我完全沒有頭緒。我一邊想著，一邊又用鞋踩了一下那個小瓶栓。這時候，一個我從未在這個旅館見過、長得像克里夫・布洛克[14]的中年紳士打開了餐廳門，慢條斯理地走了進來。他邊搓著手一副很冷的樣子，一邊和那些女人開著我聽不懂的玩笑。服務生這時正好端上我的麥片粥，中年紳士叫住他，用不流利的英語問：「還能用早餐嗎？」中國服務生的臉愈發陰沉起來，一臉不高興地開始幫那個人清出中間的那張圓桌。看到這幅情景，我差點笑出來。剛剛我發現自己的桌子上沒有糖，本來想叫那個服務生幫我拿的，卻因為這個男人分了心，錯過跟服務生說話的機會。過了一會兒，也不知道為什麼，我突然感覺整個餐廳處處都飄蕩著一種說不上來的悲慘，空氣非常沉悶和渾濁，讓人喘不過氣來。然後，好像是要把這種感覺具體化似的，我的喉嚨突然痛了起來，大概是扁桃腺有點發炎。而那碗沒有加糖的麥片粥更顯得難以下嚥。

我在這個艾索伊旺旅館住了四天。到了第三天，我就覺得旅館中的空氣越來越沉悶，幾乎讓人透不過氣。終於我受不了了。正因為世俗的紛雜讓我窒息，我才特意選擇這間似乎遠離俗世塵囂的旅館，想在這裡安靜地休息。但是，這旅館的空氣卻讓我更加喘不過氣來。我想去呼吸一下更新鮮、更加讓人舒服的空氣。最後，我決定到須磨海岸的旅館住上幾天。

在離開這家旅館之前，我經歷了一樁或許只有這種奇怪旅館才會有的怪事（Bizarre）。原本老闆跟我說好的是住一晚三元，我住了四晚，他卻只收了我十一日元。這並不是他特別幫我打折，這個數目是禿頭又老實的老闆歪

14 英國演員。

著腦袋認真在心裡算了半天才推算出來的金額。一向喜怒無常的我，一下子樂起來，我若無其事地按照這個金額結了帳，然後把省下來的錢當成小費留給那個對我非常不友善的中國服務生。我這種喜怒無常的性子，好像是帶有一些魔性的。

經過了大約一個星期的小旅行，我的扁桃腺炎越來越嚴重，發燒到將近三十八度。我忍著病痛回到東京，到家後倒頭便睡。又過了好些日子，某一天，我拿起手邊的一本雷克拉姆版的《海涅詩集》翻讀著。我突然又看到了那首〈在五月〉，便想起自己住進艾索伊旺旅館的第一晚曾經在半睡半醒下粗略讀過，我拿出一本小小的德日詞典，這次一個字一個字地仔細讀起來。當時幾乎有一半單字我都不認識，還自以為是地把這首詩想像成海涅喜歡寫的那種幸福甜美詩歌。但是，透過這次的細讀我才發現一個讓我愕然的事實。原來，這首詩其實是海涅晚年被最親愛的朋友們背叛，在他最為心碎的時期所寫的一首非常絕望的詩。

但是在這裡，太陽和玫瑰
那麼殘酷地刺傷我！
五月的藍天也在嘲弄我。
啊，美麗的世界，你好可恨！

這首詩的最後一節，甚至表達出這樣的意思。也就是說，我所遺忘的那些德文，全部都是詛咒的文字。當時，我的視線在那些難懂的文字上長時間遊走，並且因為看不懂便認定這首詩與我當時的心境相差甚遠。但是現在看來，這首詩所表達的和我當時的心情，完全一樣。

文學森林 LF0036

風起

風立ちぬ

作者

堀辰雄（Hori Tatsuo）

生於東京，就讀東京大學文學系，曾與中野重治等人創辦《驢馬》雜誌。一九三〇年出版首部小說集《笨拙的天使》，其中作品《神聖家族》受到當時的名作家橫光利一讚賞，一躍而成文壇新秀。《神聖家族》的故事取材自作家芥川龍之介的自殺，在加上堀辰雄自身的經歷而寫成。中篇小說《風起》發表於一九三八年，與中篇小說《菜穗子》（一九四一年）都是他的代表作，曾獲中央公論獎。

堀辰雄是日本昭和初期新感覺派代表作家。高中時期偶然遇到文壇名家芥川龍之介，開啟他追求文學的心念，堀辰雄成長的時代經歷日本大正的歐風洗禮，又遭逢了一九二三年的關東大地震，一九二七年的昭和經濟恐慌，動盪的時代，對敏感的他有著重要的影響。作品多探索哲理與情思，大量描寫私己對生死、靈肉、永恆等主題的思考。

譯者

岳遠坤

日本文學譯者，曾先後赴日本信州大學和首都大學東京留學。榮獲第十八屆野間文藝翻譯獎，當過大學老師，現在攻讀博士，專業為日本古典文學。代表譯作：山岡庄八的《德川家康》。

封面設計　聶永真
內頁設計　陳文德
行銷企劃　詹修蘋、張蘊瑄
版權負責　陳柏昌
副總編輯　梁心愉
初版一刷　二〇一三年九月十六日
初版五刷　二〇一三年十一月十一日
定價　新臺幣二五〇元

ThinKingDom 新經典文化

發行人　葉美瑤
出版　新經典圖文傳播有限公司
地址　臺北市中正區重慶南路一段五七號一一樓之四
電話　02-2331-1830　傳真　02-2331-1831
讀者服務信箱　thinkingdomtw@gmail.com
FB粉絲團　https://www.facebook.com/thinkingdom?fref=ts

總經銷　高寶書版集團
地址　臺北市內湖區洲子街八八號三樓
電話　02-2799-2788　傳真　02-2799-0909

海外總經銷　時報文化出版企業股份有限公司
地址　桃園縣龜山鄉萬壽路二段三五一號
電話　02-2306-6842　傳真　02-2304-9301

風起 / 堀辰雄著. -- 初版. --
臺北市 : 新經典圖文傳播, 2013.09
面 ;　公分. -- (文學森林 ; YY0136)
ISBN 978-986-5824-09-9(平裝)

861.57　　102017417